奇·怪

夢枕獏

大帝の剣

大帝之劍

叁 飛驒大亂篇·天魔望鄉篇

緋華璃——譯

驚嘆推薦！

徹底顛覆你想像的修羅之旅！

建立在真實歷史上的幻想情節總是更容易引人入勝，如果你喜歡撩亂華麗的硬派和風奇幻作品，請不要錯過夢枕獏的《大帝之劍》！且跟著宮本武藏的腳步，享受這一連串血腥、暴力、徹底顛覆你想像的修羅之旅！

——【PTT奇幻版版主】wolfinwild

教人恨不得活在架空的幻想年代，也來闖蕩一下江湖！

我醉心的作家夢枕獏老師，這次融合了忍者、劍豪、科幻等類型元素，重新塑造戰國群雄的完美形象，神乎奇技的暗器和劍法、耐人尋味的鬥智過程，並展開史無前例的大亂鬥（笑）彼此暗中較勁，誰先握有神器，誰就是統御天下的霸主！

透過不同視角，宮本武藏、益田時貞、佐佐木小次郎和萬源九郎，這些原本陌生的名字，人物性格躍然於紙上，教人恨不得活在架空的幻想年代，也來闖蕩一下江湖，與崇敬的對手過招，激起從未有的雄心壯志，揭開大帝之劍的快意恩仇！

——【文學評論家】銀色快手

人物介紹

萬源九郎

高大壯碩、皮膚黝黑的浪人劍客，除了腰間隨興地插著兩把大小各異的刀外，背上還揹著一把讓人難以忽略的巨劍。雖然平常看起來吊兒郎當，嘴角總是掛著戲謔的微笑，但是當他拔劍時，沒有人能躲過他的攻擊！因為答應護送小舞前往中土世界的中心，成為小舞的保鑣。

小舞（蘭）

擁有清澈眼神的少女。因為她驚人的身世祕密，成為伊賀忍者欲殺之而後快的目標。但在小舞的身體裡，卻住著另一個神祕的靈魂……

牡丹

身材頎長，容貌美得跟女人沒兩樣的美劍士。其實他就是人稱「天草四郎」的耶穌教徒——益田時貞。他為了找尋傳說中伴天連魔王的三件神器，隱姓埋名，想藉以獲得魔王的力量，再度掀起狂瀾。

宮本武藏

傳奇劍豪。於「島原之亂」時討伐天草四郎，卻沒有成功。從此之後一直在尋找天草四郎的下落。

佐佐木小次郎

傳奇劍客，在與宮本武藏決鬥時輸了，被武藏殺死。沒想到他的屍體被某個「東西」附身，居然再度復活！而這次他唯一的使命，就是找到武藏再進行一次生死決鬥！

祥雲和尚

不知來歷的和尚，投靠玄覺寺之後，因為擁有高超的醫術和神奇的未卜先知能力，而成為地區附近知名的人物。但只有玄覺寺中人才知道，祥雲在寺廟中，從事著可怕的修行——「萬匹殺生」。

目錄

飛驒大亂篇

序章

1

那個武士每跨出一步，空氣中就揚起一陣異常的臭味，那是一種魚內臟腐爛的臭味。

武士似乎故意把魚血還是魚內臟塗抹在自己穿的衣服上，所以他身上穿的衣服才會那麼臭。

宮本武藏……

寬永十五年（一六三八年）的時候，武藏已經五十五歲了。

儘管如此，武藏依舊是傳奇人物。

因為他單槍匹馬打敗了京流吉岡❶的吉岡清十郎、吉岡傳七郎兩兄弟。

在一乘寺下松的那一場決鬥裡，吉岡動員了門下所有的弟子來討伐他，武藏依舊大獲全勝……

不僅如此，慶長十七年（一六一二年），在豐前小倉的舟島上，武藏還殺死了巖流的佐佐木小次郎。

據說他之所以要把魚內臟塗抹在自己的衣服上，是為了讓女人不在自己行走各國修行時靠近。當初的習慣一直沿續到今時今日。

武藏這麼做，也是要避免自身的肉體忘卻自己過去曾有取之不盡、用之不竭的氣場。

武藏很清楚自己當時的肉體是什麼狀況。

每跨出一步精氣都會迸發出來，像是滴落在所經之路的水滴。

他曾經覺得，這世上沒有任何東西是可以贏過自己的，就連鬼神也要在他的面前俯首稱臣。

武藏認為，如果沒有這股超越理智的精氣及氣場——

「是沒有辦法殺了那個傢伙的。」

那個傢伙……指的就是益田時貞，也就是天草四郎。

武藏走在中仙道上，已經過了太田的驛站，右手邊可以欣賞奔騰的太田川。

再往前走一小段，就會來到太田川的渡船頭，來到太田川的渡船頭就可以搭上船，橫渡太田川。

太田川的水量十分豐沛，其上游叫木曾川。

木曾川和飛驒川匯流於過太田驛站後繼續往江戶方向走一段路的地方，那之後的下游就稱之為太田川。

渡船頭就在前往那裡的途中，但武藏還沒有辦法作出最後的決定。

是要直接從渡船頭搭船過河呢？還是要在那之前就轉進飛驒道呢？

據他估算，益田時貞十之八九會前往飛驒，因為黃金的金剛杵就在飛驒高山的玄覺寺裡。

❶室町時代，吉岡氏以京八流（陰陽師鬼一法眼傳授給源義經的兵法）為基礎，在京都開創吉岡流，謂之京流，曾擔任足利將軍家的劍術指導。江戶時代初期敗於宮本武藏手下。

問題是……

如果要從中仙道前往飛驒，前面還有另一條路走。

沿著中仙道走到中津川後左轉，調整方向讓御岳出現在左手邊，然後從山路進入飛驒高山。

益田時貞到底會走哪一條路呢？

武藏認為是飛驒道，因為走飛驒道可以提早一、兩天抵達飛驒高山。

如果要前往飛驒的話，應該會走飛驒道，但另外還有一個可能性，那就是益田時貞根本沒有要去飛驒，而是直接往江戶的方向出發。

雖然這個可能性很低，但也不等於零。

總之先到渡船頭，弄清楚到底有沒有一個長得像益田時貞的男人在那裡乘船過河，之後再作打算也不遲……

武藏是這麼想的。

至於益田時貞到底長什麼樣子，武藏也早就心裡有數了。

因為赤坂有一家叫作有田屋的油行，掌櫃的前陣子在離村子有一段距離的神社裡被殺了，現場還散落著聖母瑪利亞神像的碎片。

益田時貞已經在那裡得到他想要的「猶大的十字架」了——應該可以這麼想。

在油行掌櫃被殺的那天早上，有人看到掌櫃的和一個年輕武士走在一起。

據說那個武士穿著一件繡有紅色牡丹圖案的小袖，長得就跟女人一樣漂亮。

那個武士想必就是益田時貞了吧！

只可惜，武藏要面對的問題不只是益田時貞而已，還有尾隨在他身後的一男一女——一個武士和一個女人。

姑且不論那女人是何方神聖，問題出在那名武士身上，因為那名武士是柳生那邊的人。

柳生十兵衛三嚴……

是個很難應付的對手，就連武藏也還摸不透他的底。

摸不透他的底，也就代表他還不清楚十兵衛有多大的本事；不清楚十兵衛有多大的本事，也就代表他或許殺不了十兵衛。

一旦和十兵衛正面交鋒，他雖然不認為自己會輸，但也不表示自己有必勝的把握。

武藏一面往前走，一面回想起昨夜的事。

昨夜在勝山的觀音堂前，他遇見了十兵衛……

2

當武藏問十兵衛「柳生一族為什麼會來這個地方」的時候，十兵衛臉上浮現出悠哉的笑容，一面用手指撥弄著頭髮，一面回答：「那是因為……我們在江戶聽到一個和武藏大人有關的奇怪傳言，所以今天才特地大老遠跑到這裡來……」

「哦？什麼傳言？」

「島原之亂被平定之後，益田時貞的頭被砍下來示眾，可是那顆頭……」十兵衛好像小孩子在打啞謎似的，故意把話只說到一半，直盯著武藏說：「好像並非益田時貞的首級……」

十兵衛眼睛一瞬也不瞬地望著武藏說：「聽說發現這件事的小笠原忠真和松平信綱放出密探，打算偷偷把益田時貞真正的首級給找回來……以上就是我所聽到的傳言。」

「……」

「而且我還聽說那個密探就是讓養子伊織大人在小笠原家仕官的宮本武藏大人……沒有錯，就是您本人呢！」十兵衛用童稚的眼神窺探著武藏的表情。

換作是一般人，才不會把這些事都告訴當事人武藏，肯定會輕描淡寫帶過。沒想到十兵衛非但沒有裝傻充愣，反而還主動把這些事全都抖了出來。

這個名叫柳生十兵衛的男人，看起來甚至還有幾分「天真爛漫」的味道。

真是非常地……棘手啊！

「就算那傳言是真的好了，那又怎樣？」

「如果是真的，那小笠原家和松平信綱不就很苦惱？」十兵衛說道。

最糟糕的情況是小笠原家樹倒猢猻散，松平信綱也會丟掉他老中❷的飯碗。

不光是因為島原之亂的主謀從他們手中逃掉，還得再加上知情卻膽敢不上報這一條。

「到底怎麼樣？」十兵衛追問。

「不能說。」武藏簡短地回答。

既不承認是真的，也不否認是假的，就只有言簡意賅的「不能說」三個字。非常符合武藏個人風格的回答。

當然，「不能說」這三個字也可以解讀成武藏已經默認十兵衛所說的話。

只不過，武藏的話裡其實還帶有他並不是默認這件事，也不可能讓十兵衛再繼續追究下去的強硬態度。

就算十兵衛想要繼續問他：「為什麼不能說？」

武藏肯定還是會以「不能說」三個字堵回去。

「也好，我明白了。既然如此，那我們就換個話題吧！武藏大人，到底為了什麼原因，您會在這種地方跟伊賀的忍者們兵戎相見呢？」十兵衛問道。

「不知道。」武藏還是同樣的回答。

他並沒有要說謊的意思，武藏是為了尋找益田時貞的下落，才會來到勝山的觀音堂。

然後在這裡遇見那群忍者，並和對方打了起來，而且還是對方主動挑釁的戰鬥。

只不過，他不能說自己是為了尋找益田時貞的下落來到這裡，然後在這裡遇到伊賀忍者才打起來。

另一方面，伊賀忍者為什麼會出現在這裡？就像武藏自己說的，他也「不知道」。

問題是，柳生為什麼會知道這群忍者是伊賀的人？

不僅如此，十兵衛還拎著一顆伊賀忍者的項上人頭來到這裡。

十兵衛和這群伊賀忍者之間到底存在著什麼樣的淵源呢？

按照十兵衛的說法，他是追著自己來的。

❷老中是江戶幕府時代的官職名，負責統領全國政務。

既然如此，十兵衛又為什麼會拎著那個名叫半助的忍者的項上人頭呢？

那顆頭此刻還在地上滾來滾去。

「換我請教十兵衛大人一個問題。」

「什麼問題？」

「十兵衛大人拎著那顆伊賀忍者的首級前來的理由為何？」

「這件事說來還挺不可思議的。那顆人頭的主人名叫半助，突然跑來我住的地方探頭探腦，看了實在有夠礙眼的，所以我就請他離開，沒想到他死都不走，所以就打起來了。」

「伊賀的忍者為什麼要去查探柳生一族的動向？」

「沒錯！就是這個！您講到重點了，武藏大人，這也是我百思不解的地方。根據我的猜測，恐怕是伊賀忍者正在這個地方進行某種不能讓我們柳生一族知道的勾當。我是不知道那件事跟武藏大人有沒有什麼關係啦！總而言之，我們柳生一族的工作是專門處理見不得光之事，所以他肯定是為了刺探我方的情報，才會鬼鬼祟祟地跑來我的地盤吧！至於那是什麼樣的事情……」

「你一定是要說你不知道吧！」

「正是。」

談話到此為止，再也沒有其他話好說，因為所有該說的話都已經說完了。

武藏沉默了下來。接下來該怎麼辦呢……？

武藏無言地問了十兵衛這個問題。

十兵衛搔著頭，露出不知所措的表情。

他不可能就此跟武藏告別，逕自回到江戶的來處，八成會跟在武藏的後頭吧！

既然已經讓武藏知道所有的事，從此以後就可以完全不需要遮掩，堂而皇之地跟在武藏的後頭。

這對武藏來說，是「很讓他困擾」的行為。

於是武藏輕描淡寫地說：「要來比劃比劃嗎？」

此時如果不把柳生打退的話，要瞞過柳生的耳目去討伐益田時貞，可說是難如登天。

武藏大致上有兩個野心：一是用自己的劍術除掉那個魔鬼——也就是益田時貞，二是成為坐享高俸的官吏。

如果他的目的只是要討伐益田時貞的話，不管柳生有沒有跟來都無所謂，就算柳生跟來，他也要取益田時貞的性命；如果柳生沒跟來，他還是要取益田時貞的性命，就這麼簡單。

然而，如果要當官，他就必須私下把益田時貞解決掉才行。

萬一這件事情傳到江戶那幫人的耳朵裡，別說在小笠原家當官的事會成為泡影，就連小笠原家本身也會變得岌岌可危，可能還會害他在小笠原家任官的養子伊織淪落為浪人。

話說回來，小笠原家和松平信綱並沒有正式對他下命令，要他去討伐益田時貞。武藏是基於自己的判斷、基於自己的意志去討伐益田時貞的。

武藏目前還是個浪人。無論是他打敗了益田時貞，還是他敗給了益田時貞，那都是武藏自己的問題，就算讓人知道也不打緊。

問題是，如今突然半路殺出柳生這個程咬金，事情可就沒有這麼簡單了。

一旦讓柳生知道益田時貞沒死一事屬實，武藏就沒辦法對小笠原家交代。

想來想去，武藏得到的結論就是「要來比劃比劃嗎？」

就算沒有這句話，宮本武藏和柳生十兵衛也遲早會揮劍相向的，因為兩個人都已經作好總有一天要像這樣大打出手的心理準備。

雖然他也可以乘其不備發動突襲，不讓別人知道十兵衛是遭誰暗算，但是武藏的矜持不允許他這麼做，所以結論就是明刀明槍的比一場。

武藏是為了修行才要求柳生比試的，如果兩個人真的當場打起來，不管結果誰贏誰輸，雙方都不能有半句怨言，因此武藏才要求十兵衛比試。

此時，武藏的重量似乎增加了。

在他向十兵衛提出比武要求的同時，武藏的身體已作好應戰的準備。

「好啊！」如果十兵衛真這麼回答的話，可能在他話都還沒有講完的瞬間，武藏的白刃就招呼到十兵衛的身上了。

「呃……這還真是傷腦筋啊……」

十兵衛往後退了一步，試圖退到武藏的氣場之外。

武藏也往前進了一步，距離就跟十兵衛退後的距離一模一樣。

「我可不能接受您這個要求喔！武藏大人。」

「是這裡不方便嗎？」

「呃……這裡的確不太方便，但就算是換成別的地方也不方便。」

「為什麼？」
「如果我輸了，下場就只有死路一條；如果我贏了，我的任務也等於失敗……」
十兵衛把握在手中的刀往地上一插，開始往後退。
這次武藏按兵不動。
「唉……危險、太危險了，害我連冷汗都冒出來了……」十兵衛把自己和武藏之間的距離拉開後，微笑著說。火焰箭上的火光映照在十兵衛潔白的牙齒上。
「武藏大人，比試這件事，不妨等益田時貞的事情告一段落之後，我們再來從長計議，這次就先放我一馬吧……」十兵衛的額頭上當真冒出了汗。
因為當武藏要求他比試的時候，他差點就要不假思索地答應，差點就要不假思索地踏進武藏的氣場裡了。
十兵衛把自己的劍丟掉，才好不容易擺脫武藏的牽制。
十兵衛額頭上的汗與其說是因為害怕武藏才冒出來的，還不如說是為了不讓自己莽莽撞撞衝出去送死，以精神拚命壓制自己才流的。
武藏望了十兵衛一眼，把握在右手的劍收回繫在腰間的劍鞘，再拔起先前插在地上的短刀，收回刀鞘裡。
「先告辭了。」武藏向十兵衛行了一個禮，立刻轉過身去，頭也不回地離開。
「呼……」
武藏的氣息完全消失在黑暗中之後，十兵衛才大大吐出一直憋在肺部裡的那口氣。

「十兵衛大人……」萩衝到十兵衛的身邊問道：「您為什麼要把劍丟掉……」

「萩，是因為我把劍丟掉了，武藏和我才能雙雙活著道別啊！」

「……」

「武藏還真是個可怕的男人啊！如果我剛才繼續把劍握在手裡久一點，肯定就會答應同他比試了。」

「如果答應的話……」

「這裡就會多一具屍體，不是他的，就是我的。」

十兵衛也把自己的刀從地上拔起來，收回刀鞘裡。

「真是危險，能夠活著真是太好了。萩啊！通過這麼可怕的考驗後，今天晚上妳在我眼中一定會變得更美的。」十兵衛握住萩的手。

「別取笑我了……」萩作勢要揮開十兵衛的手，不過也只是作勢而已。

「萩，開心一點嘛！從明天開始，我們就要多一個旅伴了。」

「可以請問是誰嗎？」

「不就是宮本武藏大人嗎？」十兵衛說完，放聲大笑了起來。

第一章　飛驒道

1

武藏向前走著，身上的異臭隨著他的每一個步伐融解在空氣裡。

不光是異臭而已，在武藏的周圍，還縈繞著一股獨特的磁場。

就連聚集在風中的紅蜻蜓也受到這股獨特的磁場影響。如果是人類，可能會來到更靠近的地方才轉向，不過飛向武藏的紅蜻蜓早早就改變方向，往其他的方向飛去了。

看起來像是一碰到武藏周圍那股肉眼看不到的磁場，就急急忙忙逃走。

武藏走到通往飛驒道的岔路時，旁邊突然有個聲音叫住了他：

「這位武士大哥，請等一下。」

街道的旁邊有一片茂密的秋草，有塊大石頭從那片秋草裡探出頭來，大小剛好可以讓人一屁股坐上去。

此時，有個打扮成旅行商人的男人正坐在那塊石頭上休息。就是他出聲叫住了武藏。

武藏轉過頭去一看，那個長得一臉忠厚老實樣的男人正凝視著武藏。

乍看之下沒什麼印象的那張臉，在一瞬之間變成武藏認識的臉，然後又馬上恢復成原本的商人風貌。

「是你啊……」

「好久不見了，武藏大人。說是這麼說，不過距離上次見面，其實也還沒有經過多久就是了……」

原來是霧隱才藏。

才藏這時總算站了起來，因為商人是不可以坐著跟武士說話的。

「找我有什麼事？才藏……」

「還不是為了上次那件事。」

「上次那件事？」

「上次承蒙武藏大人搭救，在下才能擺脫那個肚子上長著狗頭的男人。」

「哦。」

「當時聽聞武藏大人正在尋找益田時貞，在下也答應過，如果在下或在下的同伴得知武藏大人在找的男人在什麼地方，一定會前來通知武藏大人……」

「好像是有這麼一回事呢！」

「是的。」

「所以呢？有什麼線索了嗎？」

「在那之前，我先花了一點時間進行確認。武藏大人當時說得沒錯，益田時貞的確是穿著一件繡有牡丹花紋的小袖……」

「嗯。」
「在下的人曾經遇到過那個身穿小袖的男人，也已經知道他的名字了。」
「哦？叫什麼名字？」
「牡丹。」
「牡丹……是嗎？」
「是的，那應該是益田時貞用來行走江湖的假名吧！」
「然後呢？他現在人在哪裡？」
「雖然在下還不知道他現在人在哪裡，不過倒是知道此人接下來要去哪裡。」
「哪裡？」
「飛驒……高山。」
「確定嗎？」
「確定。關於這件事，在下還有很多事想跟您說……」
武藏緊盯著才藏好一會兒，點了點頭，發出悶哼：「嗯。」
「怎麼了？」
「有件事想要拜託你。」
「什麼事？」
「我被跟蹤了。」
「這我知道，是一個獨眼的武士和一個女人，一共兩個人對吧？」

「原來你早就知道啦？」

「因為武藏大人只要一停下腳步，那兩個人也會跟著停下腳步。」

「能不能幫忙想點辦法？」

「您的意思是？」

「我不想被那兩個人一路跟到飛驒去。」

「要我殺掉那兩個人嗎？」

「這倒不用，只要幫我把他們甩掉就行了。當然如果殺得掉的話，其實殺掉也無妨……」

「到底是什麼人呢？那男人……」

「是柳生。」

「柳生?!」

「柳生十兵衛三嚴。」

「原來如此。」才藏斜眼看了一下站在對面的十兵衛和萩。

「可是，這還真是奇怪呢！武藏大人知道自己被人跟蹤，而對方也知道自己早就被武藏大人發現了。」

「如果是忍者的話，應該有比較好的解決辦法吧？」

「例如什麼呢？」

「例如讓那兩個人以為我要去江戶，誘使他們沿著中仙道往江戶前進。」

「然後武藏大人再轉進飛驒道嗎？」

「嗯，一旦前往江戶，途中可能就沒有辦法在不被那兩個人發現的情況下轉進飛驒道……」
「武藏大人，您應該要反過來想才對呢！」
「哦？反過來想的意思是指？」
「如果您想要前往飛驒道，首先應該要先進入飛驒道，然後再回到中仙道，繼續往江戶的方向前進……」
「你的意思是說……」
「然後再找機會轉進飛驒道才是萬全之策。」
「辦得到嗎？」
「如果在下召集多一點同伴相助的話就辦得到，所以在那之前，需要給在下點時間進行準備，問題是……」
「怎麼了？」
「和武藏大人的緣分，其實是在下一念之間結下的，雖然同伴對這件事並未持反對的意見，但如果因此跟那柳生一族扯上關係的話……」
「你們不想跟柳生一族扯上關係嗎？」
「是的。只不過站在我們的立場，我們也不希望柳生一族跑到飛驒去攪局。」
「哦？你也要去飛驒嗎？」
「正是如此。」
「你這次又有什麼詭計嗎？」

「是的，我是又有什麼詭計了。」

「到底是什麼？」

「假設武藏大人正在找的益田時貞，也就是牡丹，對我們來說也是敵人的話……」才藏凝視著武藏，問道：「……可以讓我們跟武藏大人合作嗎？」

「要我跟忍者聯手嗎？」

「沒錯。」

「才藏，我問你一個問題喔！忍者是可以信任的嗎？」

「不可以。」才藏斬釘截鐵地回答。

「你的回答還真是有意思。」

武藏這下子終於露出一抹微笑。「你這傢伙，每次都利用高超的話術讓人不知不覺對你卸下心防，真是個不可思議的男人啊！」

「其實，只要打從一開始就不要想能不能信任的問題，肯定可以看到更多不同的東西。」

「此話怎講？」

「我的想法是利用武藏大人，所以武藏大人不妨也抱持利用我的想法就好了。」

「嗯。」

「當然您也可以選擇相信，把信任當成是一種工具來使用。」才藏鄭重地看了武藏一眼。

「當您覺得相信我們對您有好處的時候，就可以選擇相信我們；如果您覺得相信我們有害而無益的時候，選擇不要相信就好了。」

「嗯……」武藏聽著才藏的詭辯，一面饒富興味地頻頻頷首。
「只有兩件事必須先說清楚。」
「哪兩件事？」
「武藏大人和我們都有非去飛驒不可的理由——這是第一件。」
「那第二件呢？」
「武藏大人和我們都不希望柳生進入飛驒——這是第二件。」才藏繼續凝視著武藏說道：「或許我們還是無法阻止柳生進入飛驒也說不定，但是至少可以將柳生進入飛驒的時間拖延幾天。我們會把這個目標當成是件大事，盡全力辦妥。」
「辦得到嗎？」
「放心地交給我們吧。」
霧隱才藏——這個善於操縱人心的高手，自信滿滿地點了點頭。

2

「好奇怪啊！」開口的是包裹在一身黑衣裡的空丸。
「的確是很奇怪。」出聲附和他的，是一個手持錫杖、做雲遊僧打扮，頭頂上沒有半根毛的老人。
不管是在出聲附和他之前、出聲附和他的時候，還是出聲附和他之後，老人臉上始終掛著一抹淡淡的微笑，也就是所謂的「破顏」。

看樣子，對那個老人來說，臉上總是掛著破顏是一種再自然不過的狀態。老人左右兩邊的嘴角朝向耳朵高高吊起，眼睛瞇得細細地，像是以寵溺的眼神望著自己孫兒的好心老爺爺，此人正是伊賀的破顏坊。

一群人聚集在巨大山毛櫸林立的森林裡，腳底下還有好幾根折斷的樹幹。破顏坊、空丸，再加上姬夜叉、蟇翁正各自以不同的姿勢坐在長出厚厚一層苔蘚的樹幹上。姬夜叉打扮成上山採菇的村姑模樣，腰上還繫著一個用竹子編成的竹籠。蟇翁是一個矮小、長著一頭蓬亂白髮的老人，還留著一臉雪白的長鬚，臉上刻劃著深深的皺紋。

假設破顏坊的外表看起來約莫六十歲出頭的話，蟇翁看起來大概比他再大個十歲左右，約莫是七十餘歲的老頭子。

聽到破顏坊和空丸的對話後，蟇翁就只是清了清喉嚨，發出低得不能再低，既不像出聲、也不像吐氣的聲音。

姬夜叉一言不發。

「可是根據探子回報，那幾個傢伙似乎確實還沒通過木曾川。」空丸說道。

「說不定已經趁夜摸黑渡河了也說不定，也可能是從渡船頭以外的地方過去的。」破顏坊說道。

「我安排在對岸街坊裡埋伏監視的同伴們回報過了，目前都還沒有看到那群人的蹤跡。」

「可是他們又不一定會進入市集……」

「沒錯。只不過，不管怎麼說，目前還是姑且當他們還沒有越過木曾川比較好吧……」
「就算是這樣，我們還是沒掌握他們的下落。」
「如果說還有什麼另外的可能性……」
「飛驒道嗎？」破顏坊搶在空丸之前說道。
他們現在並不知道源九郎和舞一行人的藏身之處。
昨晚派死手丸偷襲他們落腳的漁夫小屋之前還好，但是在那之後的結果，卻是一敗塗地。
首先，死手丸死了，是姬夜叉發現他的屍體的。
死手丸的屍體上還留有從腦門直達咽喉的傷痕。
據說死手丸的斷臂掉落在現場附近，地點就在位於漁夫小屋下游的河岸上。
到底是誰把死手丸弄成這副德行？是萬源九郎嗎？還是才藏？還是申？
抑或是其他人下的毒手……？
如果源九郎、才藏和申暫時被困在漁夫小屋裡動彈不得的假設是成立的，那麼死手丸慘死在第三者手上的可能性也不是說不通。
舞又跑到哪裡去了呢？銷聲匿跡的源九郎一行人，是否真被真田的人給藏起來了呢？還是……
「按照姬夜叉的說法，柳生好像追著武藏過來了……」破顏坊說道。
一聽到武藏的名字，蟇翁發出宛如喉嚨被掐住的笑聲：「呵呵……」
昨夜，除了姬夜叉之外的其他人都在觀音堂遇見武藏了，也體會到他那股石破天驚的氣場。

「武藏似乎也在追查那個益田時貞的下落，才會來到這個地方……」

「你是說那個益田時貞當真還活著嗎？」空丸問道。

嘿嘿！嘿嘿！蟇翁又笑了。

「總而言之，沒有什麼好緊張的。不管怎麼說，他們走中仙道到達江戶之前還有九十九里路，我們就陪他們好好地玩一玩吧！如果連柳生都加入這場戰局的話，這舞台就無可挑剔了……」

蟇翁說到這裡，又從喉嚨裡擠出一陣笑聲。

3

海野六郎，三島以藏——這兩個人沐浴在清晨的朝陽下，沿著中仙道往東走在剛過關原、差不多要抵達垂井驛站的地方。

道路兩旁可以看見好幾座山，外觀像是個倒扣的碗。

關原是剛好介於伊吹山脈和鈴鹿山脈之間的土地，北方緊鄰伊吹山脈的南端，南方則與鈴鹿山脈的北端相鄰。

這兩座山脈的末端剛好一左一右盤據在中仙道的兩旁，因此中仙道兩旁遍佈許多丘陵般的小山頭。

除此之外，在道路的兩旁還左一叢、右一叢地生長著成排的松樹，枝葉在行人頭上伸展開來，在街道的地面上投下影子。

這兩個人正踩在那些陰影上往前行進，看起來都像混了大半輩子也沒混出個所以然來，吃完這一頓還不知道下一頓在哪裡的浪人。

海野六郎看上去大約四十餘歲、將近五十歲了，身材宛如一根抽長的竹竿，臉也長長的。臉上長著稀疏、沒刮乾淨的鬍子，嘴角還噙著一抹讓人不自覺地想要親近的笑意。腰際插著一把偏短的劍，毫不遮掩。

若說六郎身上有攜帶什麼武器的話，單從外表判斷就只有那把劍了。

走在他旁邊的是三島以藏。年齡大約是五十五歲上下。頭髮和覆蓋在臉上的濃密鬍鬚裡，都夾雜著些許銀絲。

和瘦瘦高高的六郎比起來，以藏的身材顯得比較矮胖，頭看起來好像有一半縮在粗短的脖子裡。

以藏的腰間也插著兩把普通的刀。

「真是被打敗了……」以藏一邊走、一邊說出這樣的感想。

「對呀！」六郎也跟著點頭附和，因為六郎很清楚以藏話中的意思。

以藏指的是他們不久前才看到的東西。

兩人在經過關原的時候，先去膜拜了一下首塚。

所謂的首塚，指的是在關原之戰的時候，用來埋葬那些被砍下首級的陣亡將士的墳墓。

以藏在那裡雙手合十，心中默禱。

之後，以藏轉過身去背對首塚跨出幾步，肩膀突然開始顫抖，泣不成聲。

或許是不想讓六郎看見自己老淚縱橫的樣子吧，以藏在眼淚被風吹乾之前，一直走在六郎前面。

「已經過了二十三年了嗎？」六郎邊說、邊朝垂井的方向前進。

「二十三年囉！」以藏也感觸良深地說道。

兩人口中的二十三年，指的是自大坂夏之陣至今，已經過了「二十三年」。以藏和六郎都經歷過大坂夏之陣。當時他們隸屬於西軍❸，也曾經浴血奮戰，可惜最後還是以失敗收場。

在諸國輾轉流浪的過程中，一群性格相近的人因為仰慕以藏的人格特質而聚集在一起，在熊野山上占山為王。

只不過，就在不久之前……

以藏在熊野山上發現一個奇妙的洞穴，洞穴裡有一艘船。

那是一艘由黑鐵構成，非常不可思議的船。船裡面有一具鬼的屍體。

眾人一面討論那到底是什麼玩意兒，一面圍著洞穴四周飲酒作樂。

然後，那模樣詭異到不知該怎麼形容的傢伙便出現了。

那是一個長著巨大蒼蠅眼的傢伙。

就是那傢伙破壞了那艘船，還殺了他們的同伴。

彥七，軍治，文平，就連阿松也給殺了，只有自己和六郎僥倖逃過一死。

他們回到蓋在山裡的山寨一看，發現屋裡屋外也都是同伴的屍體。

鐵次，矢助，片岡，村松，竹村。

就連武功高強的工藤新八郎，也被乾淨俐落地切斷了脖子。

看來，是有幾個武功更加高強的人物前來偷襲他們的山寨了。

並不是官差。如果是官差的話，應該會把屍體處理好再離開，或者是埋伏等剩下的人回來。

然而，他們回到那裡的時候，已經沒有半個人在了。

放在山寨裡的金子和同伴口袋裡的金子雖然不翼而飛，但埋在後方森林裡的金子倒是平安無事。

六郎和以藏把同伴們的屍體埋葬好，放了一把火燒掉山寨，再把金子揣在懷裡，之後便離開了熊野。

來到市集裡，六郎把以藏一個人留在旅店裡，整整消失了三天。

三天後，六郎帶著兩套浪人風衣和旅行所需的東西回來了。

不只是這樣，六郎還準備了自己和以藏的通行證，雖然不知道是從哪裡、以什麼方式拿到手的。

「老大，往東走吧！」六郎如此提議。

「為什麼？六郎，為什麼要往東走？」

「因為那個黑鐵鬼就是往東走的。」

「你說什麼?!」

❸西軍是由石田三成領軍，對抗由德川家康所領導的東軍。

「聽說有個沿著中仙道往東走，要去京都的商人見到鬼了。」

「是那傢伙嗎？」

「當時好像是晚上，聽說是商人住在柏原的父親病危，他急急忙忙趕往那裡的途中遇到的。從美江寺往赤坂村的途中有條杭瀨川，他原本打算當晚就要過河，所以便叫醒還在屋裡睡覺的船夫，把錢給他，請船夫開船載他渡河，結果就在半路上遇見了那個傢伙。」

「嗯哼。」以藏不由自主地探出半個身子。

「據說當時有人正從對岸過來，雙方在河上擦身而過。」

「嗯哼。」

「可是啊……沒想到那傢伙居然是直接走在河面上的呢！」

「走在河面上？」

「沒錯，聽說就像這樣……在月光下以滑行的方式移動。根據商人的說法，那是一個背上背著箱子、眼珠子極大的黑鬼。」

「哦？」

「老大，肯定是那個傢伙沒錯。」

「那是什麼時候發生的事？」

「三天前的晚上。」六郎回答。

「虧你打聽得到呢！」

「因為我東跑西跑，跑到人潮聚集的地方，還跑到旅店負責煮飯的女人堆裡，問她們最近有沒有聽見什麼古怪傳聞，在這類地方最容易打聽到市集裡發生的事了。」

「然後呢？」

「老大啊！我不光是打聽到那個鬼的下落，還知道最近在中仙道上發生許多稀奇古怪的事情喔！」

「例如什麼？」

「例如前一陣子，在一個暴風雨的晚上，有一艘發光的船墜落在伊吹山上。」

「哦？」

「還有宮本武藏在赤坂村裡和兩個武士決鬥，結果把那兩個武士都給殺了。」

「武藏嗎？」

「沒錯，其中一個被武藏斬殺的武士就是渡邊文吾……」

「什麼?!那不就是工藤提到過的那個……」

「沒錯，就是住在京裡，偶爾會寫信給他的男人。」六郎注視著以藏說：「還沒完呢！我還聽說有人曾經看到過一個長著熊掌的人類。」

「熊掌？那不就是……就是……」

「沒錯，那艘鬼船旁邊的確有一具熊的屍體，那具屍體也確實少了一隻熊掌。」

「我的天啊！」

「除此之外，在那個黑鐵鬼出沒的渡船頭附近，還流傳著一個故事，說有個變戲法的傢伙先殺了一個小孩，之後被一個身高超過六尺以上的大塊頭和一個身穿繡有紅色牡丹花紋的小袖、長得像女人一樣貌美的武士切斷雙臂。在那之後，還有小偷侵入附近的神社，好像從神社的地下挖出了什麼東西來，聽說附近有家油行叫有田屋，他們的掌櫃好像叫市松吧，就在那裡被殺了。」

「哦？」

「還有，在那座神社的腹地裡，聽說還散落著被打碎的耶穌教神像。」

「好複雜，我完全沒有半點頭緒。」

「我是不知道哪件事跟哪件事是有關聯的，但是這些事情似乎全都跟伊吹山、黑鐵鬼和那個長著熊掌的男人有關。」

「嗯。」

「所以我還去了伊吹山一趟，還真的是一模一樣。」

「和什麼一模一樣？」

「我們在熊野看到的那個鬼船的洞啊！伊吹山上也有個一模一樣的洞。雖然以大小來說，熊野那個跟伊吹山上的那個比起來可說是小巫見大巫，但是實際看過那個洞後，就知道那絕對是某種東西從天上落下砸出來的洞。」

「那在伊吹山上的洞穴裡有什麼東西嗎？」

「沒有，什麼也沒有，連船都沒有。聽說有人曾經看到光球掉下來又飛回天上的樣子，所以那個東西也有可能是掉下來之後又飛回天上去了。」六郎如是說。

「六郎啊……你也真是個不可思議的男人呢！」以藏是打從心裡這麼想的。「真是的，你這傢伙，老是知道一些奇奇怪怪的事情，像這種事情也總是很快就能探聽到。不僅如此，連一些像戲法的技術你也知道，像是把針刺進身體，讓腳程變快之類的旁門左道。」

以藏望著六郎，眼神透露出他真的覺得六郎很不可思議。

六郎沒有回答，只讓嘴角浮現出一抹小小的微笑。

以上是發生在昨天晚上的事。

此時此刻，以藏正和六郎一起走在中仙道上。

「我說六郎啊……」以藏一邊走，一邊以無限感慨的語氣說道：「人類這種生物，到底是為了什麼活在這個世界上呢？」

「我怎麼知道。」

從六郎的說話方式看來，他似乎早在八百年前就放棄思考這個問題了。

「像老子我啊……這輩子殺了好多人，在戰場上的時候殺敵人，當了山賊之後還是在殺人，有時候是因為害怕對方，所以先下手為強。可是啊……我每次都會在心裡為被我殺掉的傢伙雙手合十，祈求他們早日超生，就連在戰場上殺敵的時候也是一樣。大家殺人都是為了要活下去。在我當武士的時候是這樣，在我當山賊的時候還是這樣。我也曾經有不是為了生活，而是因為爭風吃醋才去殺人的經驗。那是我得知我老婆背著我偷漢子的時候，不知道是因為憎恨、不甘心，還是因為難過才下手。現在回想起來，也覺得事情沒有嚴重到非殺人不可，只是當時實在是太痛苦了，怎樣也無法從那個痛苦的深淵裡爬出來，所以我就殺了我老婆和那個跟她私通的男人。」以藏一面走，一面自言自語似的講著這些瑣碎的話。

六郎也「嗯，嗯」地頻頻回應傾聽。

「老子到底想說什麼啊？啊，對了！六郎，總而言之，一個人如果去殺死另一個人，不管是為了什麼，那都會變成心裡的重擔……」這次換以藏自己點了點頭。「可是那個鬼啊……卻不會有那樣的感覺！別說他殺人以後不會雙手合十了，我根本感覺不到他是為了要活下去而殺人、還是因為害怕才殺人。他既不是藉由殺人來取樂，更不是因為憎恨我們……」

「是啊。」六郎似乎也想起那個晚上的慘劇了，不由得點頭稱是。

「還不只這樣，就連他殺人的方法……我不知道該怎麼形容……但好像會讓死者永世不得超生似的……阿松啊……」以藏喃喃低吟著阿松的名字。「可惡！」以藏咬牙切齒地說道：「我說六郎啊……你覺得野獸、昆蟲或是草木，會想到這些問題嗎？」

「什麼問題？」

「就是生命的意義、死亡的價值、憎恨的情緒，和心頭的重擔……諸如此類的問題啊！」

「我不知道呢！」

「我也不知道。」

「這樣會有損失嗎？」

「什麼損失？」

「投胎成會思考這些問題的人類有什麼損失嗎？」

「這我也不知道，六郎。畢竟老子也只當過人類，如果我下輩子投胎成昆蟲或鳥獸的話，我會試著想想這個問題的。」從那語氣聽來，他好像真的會好好思考一番。

「可惡啊！」以藏提高了語調說：「六郎啊！我真的好傷心啊！」

以藏真是一個正直的男人，胸襟寬廣，又懂得替人著想，還具有一種不可思議的能力，會把別人的悲哀當成是自己的悲哀、也能夠讓自己的喜悅化為別人的喜悅。

以藏自己肯定不知道什麼技巧、什麼策略的，他是有寬廣的胸襟，才能夠對別人的喜怒哀樂感同身受，不管別人說話的內容是什麼，他都能夠真誠、專注地傾聽。

時而點頭稱是，時而說出「這真是太厲害了」之類的話，打從心裡覺得驚訝。

如果聽到什麼悲慘的故事，即使在大庭廣眾之下，也能毫無顧忌地流下眼淚。

光是這樣，就能讓對方的心情平靜下來，所以才會有那麼多人才聚集在他身邊。六郎是這麼想的。

自己會跟以藏一起生活二十多年，除了被對方救過一命這個原因之外，也因為能納百川的男人對他很有吸引力。

再加上這個男人總是給人毫不設防、弱點一堆的感覺，所以六郎更下定決心，要將自己的才能毫不保留地奉獻給他。以藏就是有讓人願意為他鞠躬盡瘁的魔力。

只要在以藏面前展現出一點能力，以藏就會打從心裡表現出驚訝、讚嘆之情。

有人光是為了想看以藏讚嘆的表情、從以藏口中得到一句「幹得好！」的稱讚，就願意賭上性命為他辦事。

如果這男人再早個十年出生的話，戰國的版圖可能也會有一點不同吧！

「六郎……」以藏喚道：「我要哭了喔！」以藏一面走，一面壓低了聲音開始啜泣。

六郎靜靜走在暗自飲泣的以藏身旁。

他們已經進入垂井的驛站，林立在道路兩旁的旅店前站著一排人，殷勤地招呼著路過的行人：「住房裡面請。」

也有的旅店乾脆把板凳擺到屋子前，在那裡賣茶。

有個武士就坐在某間旅店前的板凳上喝茶，他身體四周的空氣似乎有些難以形容的扭曲。

男人四周似乎圍繞著一股不可思議、宛如屍臭一般的磁場。

男人穿著黑色的小袖和黑色的半袴，留著一頭黑色長髮，在後腦勺紮成一束。膚色白皙、幾可透光，連嘴唇也十分蒼白。

那個作武士打扮的男人，背後背著一把長劍。

無意中瞥了長劍一眼的六郎，不禁停下腳步。

「怎麼啦？」以藏問他。

「備前長光……」六郎壓低聲音，小聲唸出那把長劍的名字。

工藤新八郎曾擁有的劍就叫這個名字。

第二章　黑鐵鬼

1

姬夜叉在黑暗中前進。

她知道了，知道那個身穿繡有牡丹花紋小袖的男人究竟是何方神聖了。那個在杭瀨川的渡船頭，跟背著大劍的萬源九郎一起讓自己的兄長——也就是變戲法的藤次受重傷的妖豔武士，就是益田時貞。

她在靠近赤坂村一座山中的神社裡巧遇了那個男人。當時，那個男人自稱牡丹。當時，姬夜叉和鼯鼠的半助正在討論舞的事情，他們之間的談話內容全都被牡丹聽見了。雙方還打了起來，在打鬥過程中，牡丹的身體居然飄浮到半空中！真是令人難以置信的妖術。

當時還沒有分出勝負，他們就和牡丹分開了。

「益田時貞……」姬夜叉唸出牡丹的真名。

就在不久之前，奉命前往赤坂村打聽消息的同伴聯絡了她，說有個穿著繡有牡丹花紋小袖的年輕武士曾經出現在有田屋。

不僅如此，據探子回報，有田屋的主人還是個耶穌教的信徒。

因此，出現在有田屋，身穿繡有牡丹花紋小袖的武士肯定就是益田時貞……也就是天草四郎沒錯。牡丹就是益田時貞。

死手丸當時是一個人去追舞的。

據說他打的如意算盤是：讓舞掉到河裡，在下游逮住她，把她殺掉。

當時的確有很多人都看見舞掉進河裡，被沖到下游去，所以這點應該是千真萬確沒錯。

被沖到下游的舞，應該會被死手丸逮住，再被他殺掉才對。

姬夜叉也順著水流往下游……

為什麼要這麼做……管他的，總而言之，她順著水流去了那裡。

爬上岸之後，她發現兩樣東西。

一是擱淺在淺灘上的死手丸屍體，二是掉落在河岸上的死手丸左臂。那截左臂用石頭排列出「牡丹」兩個字。

這代表什麼意思呢？這個「牡丹」就是那個「牡丹」嗎？

也就是說，死手丸為了讓同伴知道自己是被牡丹殺死的，所以才用石頭排出臨死前的訊息嗎？

那麼，假設死手丸是在這個河岸上被殺的，那舞又跑到哪裡去了呢？

河岸上並沒有舞的屍體，也就是說，舞還活著的可能性非常大。

那麼，舞現在到底在哪裡？

不知道。

不過，現在至少知道舞既沒有和真田手下的人會合，也沒有回到源九郎身邊了。

如果舞是單獨行動，那她遲早會落入自己人手裡，但是舞並沒有落入自己人手裡。

那麼，舞到底上哪兒去了？

想得到的可能性只有一個，那就是舞被牡丹帶走了。

就算舞並不是被牡丹帶走的，他肯定也知道些什麼、牽涉了點什麼。

如果想要知道舞的下落，就要追查牡丹的行蹤。

除此之外，姬夜叉還知道了另一件事。

那就是武藏和尾隨武藏而來的柳生十兵衛，據說已經進入了飛驒道。

武藏正在追查益田時貞的下落，所以武藏進入飛驒道也就代表益田時貞也進入了飛驒道。

換言之，牡丹就在飛驒道上。為了向破顏坊報告這件事，姬夜叉才會在黑暗中趕路。

姬夜叉置身在長滿杉樹的森林裡，她一下在地面上狂奔、一下跳到樹枝上、一下又飛舞在半空中，不斷踢著岩石、踩著草地趕路。

突然……

姬夜叉以幾乎算是往前飛撲的動作停下腳步，在草叢裡蹲低身子。

因為有個奇形怪狀的東西就站在前方的黑暗中。

黑色的鬼?!

那隻鬼背著一口箱子，嘴巴上蓋著一個像是碗的東西，長著蒼蠅般的大眼，半空中還飄浮著一顆圓球。

這已經不是第一次了，姬夜叉以前也看過這個東西。

但，究竟是什麼時候看到的呢？

對了，是那個時候！她在河面上隨波逐流的時候。

仔細回想起來，她為什麼要刻意走水路到死手丸陳屍的河岸呢？從河岸上大大方方地走過來不就好了嗎？

對了，這是有原因的……

問題是，她想不起來到底是什麼原因，如果硬要回想，頭就會開始發熱。

「站起來，姬夜叉……」那個東西對她發出命令。

姬夜叉感覺自己的肉體輕飄飄地站了起來。

她的意識明明要自己藏身在草叢裡，身體卻完全不聽使喚。

「到這裡來。」

自己的身體開始往前走了。不可以！得趕快逃走才行！

雖然心裡這麼想，身體卻乖乖聽從那個東西的指示，不由自主地走到那個東西面前，站定了。

「今天一天下來，妳查到了哪些事？可以告訴我嗎？」正確說來，這句話是從那個東西背上的箱子裡發出來的，那語氣聽起來一點人味都沒有。

姬夜叉的嘴巴開始自顧自地說起話來了。

她一面往前走，一面把心裡想的事一字不漏地全盤托出。

「飛驒道嗎？」那個東西喃喃自問自答，然後它注視著姫夜叉，丟下一句：「忘了吧！」黑鐵鬼說完後，便逕自轉過身去，邁開大步，筆直往飛驒道的方向走去。

在黑鐵鬼的身影消失後又過了一會兒，姫夜叉才終於回過神來。

自己怎麼會傻傻站在這個地方呢？有些事得趕快向破顏坊報告才行。

報告完畢之後，她也打算加入前往飛驒道的行列。

因為把變戲法的藤次——也就是自己的兄長逼上死路的其中一個男人，就在飛驒道上。

姫夜叉緊咬著下唇。

該死的牡丹，這次一定要你好看……姫夜叉在心裡默默起誓。

她又開始像風一樣地在黑夜的森林裡拔足狂奔起來。

2

壽泉正和祥雲在一起喝酒，地點在祥雲的小屋前，時間是深夜。

壽泉隔著火堆跟祥雲相望。火堆上吊著一只鍋子，鍋子裡正咕嘟咕嘟地煮著肉湯。是狗肉。那就是他們的下酒菜。

祥雲的身高大約五尺八寸❹有餘，算高了。體重大概有三十貫❺左右吧！

❹長度單位，將近一百八十公分。
❺重量單位，一貫相當於三點七五公斤，故三十貫等於一百一十二點五公斤。

一身圓滾滾的肥肉，肚子上的贅肉還鬆垮垮地垂了下來。

祥雲外表看起來雖然很笨重，但他在撲殺野狗的時候，動作倒是敏捷得驚人。

他撲殺野狗的時候會使用自己命名為鬼王丸的棍子。

祥雲說，那根橡木棍原本是現在的三倍粗，是他在石頭上經年累月地敲打，才變成現在可以握在手裡的大小。

鬼王丸吸收了狗的血液，變得黝黑光亮。

祥雲總是把鬼王丸帶在自己的身邊，片刻不離。

此刻，鬼王丸就躺在坐在土堆上的祥雲身邊。

祥雲正要逼壽泉吃下由鬼王丸撲殺的狗肉。

玄覺寺的僧侶們都知道祥雲找壽泉出去所為何事，也都知道壽泉正在大碗喝酒、大口吃肉。

然而，他們什麼也沒說。

壽泉如今已經可以公然外出了，沒有人敢阻止壽泉前往外法寺——也就是祥雲的小屋。

因為他們都害怕被祥雲詛咒。

明明是和尚，卻害怕詛咒。壽泉多麼希望有人可以阻止自己。

只要自己是因為別人意志的影響無法去祥雲的住處，而非自己決定不去的話，應該就不會受到詛咒了吧！

如果可以的話，真希望有人可以代替自己的角色。

「喂，都不會響嗎？」祥雲被酒濡濕的雙唇之間突然吐出這麼一句話。

「啥？」當然了，壽泉怎麼可能知道祥雲所指為何。「您說什麼東西會不會響？」從壽泉的語氣聽起來，他已經完全等於是祥雲的下人。

「就是你們家寺裡的那個東西啊！」

「什麼東西？」

「黃金的金剛杵。」

「金剛杵？」

「沒錯。」

「那個東西會響嗎？」

「會響。」祥雲斬釘截鐵地肯定道。

壽泉也知道他口中的金剛杵是什麼，那是玄覺寺的鎮寺之寶，相傳是弘法大師空海從大唐帶回來的，現在就收藏在玄覺寺裡。

祥雲說那個金剛杵會響。

「我不記得有聽它響過……」

「那麼它總有一天會響的。」祥雲抬頭望著天空，天上隱約可以看見星光。

「哦……」祥雲發出呻吟般的讚嘆，「屬於吾神的那顆星，今夜發出的光芒比平常更美了。」

祥雲口中的吾神，指的是夙神。夙神就是所謂的宿神，而宿神是指後戶之神。

表面上具備大日如來的姿態，但是存在於其骨子裡的後戶之神，其實也就是所謂的摩多羅神。

摩多羅神是專司旁門左道的神，祥雲卻說摩多羅神是他的神。而玄覺寺居然也容得下這等旁門左道的妖僧。

這是因為祥雲靠著他旁門左道的妖術，輕易地取得了第三代高山城城主——金森重賴的寵信。

重賴出生於慶長元年（一五九六年），乳名佐兵衛。

一開始侍奉於德川家康，慶長十八年，也就是伊達政宗被派遣到歐洲的那一年，被任命為從五位下❻長門守一職。

他在元和元年（一六一五年）的大坂夏之陣，和父親可重一起參戰過。

同年七月，身為三男的重賴成就高過長兄重近，獲家康授予飛驒一帶的領地。

祥雲和壽泉一起喝酒的這一年，正好是重賴四十三歲的時候。

重賴非常中意祥雲，三不五時就召他進城，所以玄覺寺縱使對祥雲有再多的不滿，也不好多說些什麼。

這個男人心裡到底在想些什麼呢？

猜不透。光是想到這個就覺得毛骨悚然。

壽泉甚至想過要放棄當和尚，乾脆回故鄉算了，再這樣下去，他一定會下地獄的。

因為自己明明是個和尚，卻大啖狗肉、大口喝酒，還成為旁門左道的幫兇。

光是想到這件事，壽泉就覺得自己好似站在油鍋中，受盡煎熬。

就在這個時候——

「我說壽泉啊！要通知我喔！」祥雲說道。

「通知您什麼？」

「如果金剛杵響了的話。」

「……」

「應該很快就會響了，一旦金剛杵響了，你一定要第一時間先來通知我喔！」祥雲一瞬也不瞬地盯著壽泉猛瞧，同時咕嘟一聲嚥下一口酒。

「好、好的，我一定會來通知您的……」壽泉心慌意亂地低下頭去。

「拜託你了。」祥雲說道，一臉幸災樂禍地欣賞壽泉戒慎恐懼的表情。

3

那是一片鬱鬱蒼蒼的山毛櫸森林。古老的山毛櫸在森林的地底下盤根錯節，樹枝也在頭頂上縱橫交錯。

時間在樹齡超過一千年的山毛櫸林裡的流動節奏彷彿與在村落裡大相逕庭。

在那片森林深處，有個火堆燃燒著。

牡丹把背靠在其中一棵山毛櫸的樹幹上，隔著火堆，和坐在火堆另一頭的女人相望著。

火光在牡丹美麗的臉龐上映照出妖異的陰影，穿著袖子上繡有牡丹圖案的白色小袖。

袖子上火紅的牡丹圖案，看起來就像鮮血一樣。

❻日本官階與神階的一種，位於正五位之下、正六位之上，追贈時則稱之為贈正五位。以近代以前的日本位階制度來說，從五位下以上者為貴族。

即使在黑夜中，也可以清楚地看見他雪白的肌膚。

看上去雖然像是一個年輕的女人故意作男裝打扮，實則不然。

牡丹——就是益田時貞，為世人廣知的名號是天草四郎。

隔著火堆，坐在牡丹對面的女人是舞。

「舞……」牡丹從他那紅豔豔的唇瓣吐出女人的名字。

妳到底是個什麼樣的女人呢？牡丹投注在舞身上的視線，似乎是在詢問這個問題。

「為什麼不告訴我？」

「不告訴你什麼？」

「妳的來歷，還有那群怪裡怪氣的忍者為什麼要取妳的性命？」

「………」

「那傢伙是叫萬源九郎對吧？妳跟那傢伙到底是什麼關係？」

不過，舞一個問題也沒回答。

「妳的穿著、打扮，和說話方式，都不像是町人❼或商人，妳是武家的女兒吧？」

「不是，我是在諏訪賣藥的『辰巳屋』……」

「這個說法我已經聽妳說好幾次了！」牡丹微笑著回答。

「那你又是什麼來歷？抓住我到底有什麼企圖？」

「我只是想請妳陪我走一趟飛驒。」

「為什麼要去飛驒？」

「為了一件很重要的事。」
「什麼很重要的事？」
牡丹只是微微一笑，並沒有回答她的問題。
「你要去就去，為何硬要拖著我跟你一起去？」
「關係可大了，只要妳跟我一起去，那傢伙肯定會為了妳追到飛驒去吧！」
「哪個傢伙？」
「除了萬源九郎還會有誰？」
「……」
「我有事要去飛驒，也有事要找那傢伙，所以我想，乾脆一次解決好了。」
「你找他有什麼事？」
「如果我告訴妳，妳也會把妳的祕密說給我聽嗎？」
「你是我的救命恩人，這點我至今都還沒有向你道謝，但是……」
牡丹發出呵呵低笑：「妳不用勉強自己，反正我也不是沒辦法讓妳一五一十地說清楚。」
「什麼辦法？」
「正確的說，我有的是辦法讓妳老老實實地說出來。」

❼日本江戶時代的一種稱呼，主要是商人，部分是工匠及從事工業的工作者，在江戶幕府，士農工商的身分制度下是最低的階級。在江戶時代的中期開始形成獨特的文化，擁有自治的權力。

「什麼意思？」舞的問題還沒問完，牡丹已經迅速起身，一步一步朝舞走去。
舞反射性地把身子往後退，也想要站起來。
就在這時，牡丹已經站在舞的面前，把右手放在正要站起來的舞肩膀上。
牡丹在舞的面前蹲下來，從正面望進舞的眼睛裡。
舞把視線望向別處，想要藉此躲開牡丹的視線，卻被牡丹的視線緊緊纏上。
就在那一瞬間，舞再也無法把視線從牡丹的凝視中移開了。
「好，冷靜下來，試著把妳的祕密告訴我。」
舞的眼中閃過幾道試圖抵抗的光芒，但是那些光芒馬上就消失了。
「告訴我妳的名字。」
「舞……」
「告訴我妳的來歷。」
「我、我的……」
「妳父親叫什麼名字？」
「我、我父親的名字……叫、叫作辰巳屋的清衛門。」
「真的嗎？」
「是、是真的……」
「攻擊妳的那些忍者又是哪裡的忍者？」
「伊賀。」

「伊賀的忍者為什麼要攻擊妳？」
「……」
「伊賀的忍者之所以要攻擊妳，是不是跟妳的來歷有關？」
「是、是的。」
「妳父親還活著嗎？」
「不，家父……已經去世了。」
「妳父親是什麼時候去世的？」
「元和元年……」
「那不就是爆發大坂夏之陣的那一年嗎？」
「……」
「妳父親是在幾歲的時候去世的？」
「家、家父是在二、二……」
「二十？」
舞沉默了下來。
牡丹微微一笑，輕輕呼出一口氣，問道：「妳還好嗎？」
這時，舞已經恢復了神志。「你、你對我做了什麼？」
「妳自己應該都還記得吧！我問了妳什麼問題，妳又是怎麼回答的，妳自己應該全部記得才對。」

舞只能點頭。

「真了不起，每次問到關鍵的問題，妳的嘴巴就像蚌殼一樣緊。其實只要再多給我一點時間，我還是有很多辦法可以問出來的，不過我現在並沒有那麼多時間。」

「……」

「昨晚也是這樣。」牡丹不經意地說道。

「昨晚？」

「在妳睡著的時候，我也對妳做了跟剛才同樣的事，只不過，每次問到關鍵的問題時，妳還是什麼都不肯透露……」牡丹伸出雪白的手指，抓住舞的下巴，把自己的臉湊到舞的面前說道：「妳還真是一個不可思議的女人，在妳的潛意識裡似乎還存在著另一個靈魂，會在妳失去意識的時候保護妳……妳給我的感覺就是這樣……」

牡丹繼續把臉往舞的方向湊近，就在兩個人的嘴唇快要碰在一起的時候——舞伸出右手一揮！

她的右手快要摑上牡丹的臉頰時，突然硬生生停在半空中。

原來是牡丹伸出左手，一把抓住就快打在自己臉上的舞的右手。

牡丹慢條斯理地站了起來，重新坐回山毛櫸樹根上，隔著火堆和舞相望。

「明天我們會到美濃金山，到時候再去買一些可能會合妳胃口的食物吧！還得找一家飛驒道上的旅店露露臉，要是讓人以為我其實沒有進入飛驒道的話也很麻煩呢！」

所謂的飛驒道——其實還有美濃街道、益田街道這兩個別名。

在進入飛驒高山之前，還得再經過三道關卡，分別是大舟渡口、大淵口和阿多粕口。

只不過，牡丹和舞此時此刻的所在位置，並不在那三道關卡的任何一條街道上，而是一條深山裡的祕徑。

一條根本稱不上是路的小徑，一條除了野獸和本來就知道這條祕徑的修道者之外，根本不會有人經過的小徑。

深沉的黑夜包圍著兩人，只有黑暗深處偶爾傳來些許小動物的動靜。

一旦進入深山裡，秋天的氣息便又比外界更濃厚了幾分。

「你又是什麼人呢？」換舞問牡丹。

「妳問我嗎？」牡丹露出一抹清清淺淺的微笑。

「是的。」舞點了點頭。

牡丹把視線望向半空中，彷彿在思考些什麼，然後又把視線慢慢轉回地上。

「妳聽過『迪烏斯❽』這三個字嗎？」

「迪烏斯？我記得耶穌教的神好像就叫作這個名字……」

「沒錯，迪烏斯是萬物之王，這個世界上所有東西的主宰就是迪烏斯，而我就是想要取代迪烏斯的人。」

❽Deus，拉丁文的「神」。在古羅馬時期泛指一般的神，自基督教普及之後，專指唯一的神。在日本的戰國時代末期，被基督徒用來代表「神」的意思。

「取代迪烏斯？」
「我要成為這個世界上的主宰……」
牡丹的眼眸裡閃爍著熾熱的光芒。
「真的嗎？」
「開玩笑的啦！」牡丹高聲大笑起來，「沒有任何東西可以成為這個世界上的主宰，就算是迪烏斯也不行……」牡丹的臉上又露出了莫測高深的清淺笑意。
「你是什麼樣的人，我並不清楚，我只知道一件事……」
「什麼事？」
「那就是你已經得罪了兩派的人馬，一派是伊賀的忍者，另一派是……」
「萬源九郎……也就是妳的同伴對吧？」
「沒錯，只不過，你的敵人可不只是他們而已……」
「妳是說我還有其他的敵人嗎？」
「是的。雖然你剛才說想成為這個世界的主宰只是玩笑話，但是你惹上的另一派敵人……」
「是什麼人？」
「不存在於這個世界上的東西。」
「哦？」
「除了伊賀的忍者之外，還有另一批人馬想要我的命。」
「什麼人？」

「不存在於這個世界上的東西。」

4

萬源九郎仰躺在泥土地上睡覺。

飛驒道，距離美濃金山，只剩半個時辰的路程了。

道路的右側長著巨大的杉樹，源九郎把頭枕在杉樹的樹根上，讓身體直接躺在草叢裡。

無數的蟲正在周圍的草叢裡鳴叫。

因為海拔高度比村落高，所以天氣也比較涼，很早就彌漫著深秋的氣息。

頭上響起杉葉被風吹動的聲音，以及小動物窸窸窣窣踩著落葉移動、奔跑、戛然而止的聲音。

除此之外，還有飛驒川的水聲，潺潺湲湲地從遠處傳來。

這些聲音全都合而為一，成為靜寂深山裡的唯一回聲，傳進源九郎的耳朵裡。

除了那些一直在源九郎耳邊作響的聲音之外，還有另一個聲音，那就是他自己的心跳聲。

源九郎厚實的胸膛配合著呼吸的頻率，緩緩地向上隆起，然後又凹陷下去，看起來就像是平緩起伏的海浪一樣。

飛驒川在上游與馬瀨川匯合，說得再正確一點，其實是發源自上游的益田川和馬瀨川匯合之後，成為飛驒川繼續往下游流去。

而美濃金山就位於兩條河匯流的地方，同時也是下原口的關卡所在地。

當然了，晚上是不可能過得去的。

如果急著趕往飛驒高山的話，也可以不經過關卡，直接翻山越嶺。但是他的目的是要尋找舞的下落，所以必須在下原口的關卡打聽有沒有可能是舞的女人經過才行。

牡丹和她在一起。

只要牡丹還穿著那件小袖，應該馬上就會被注意到才對。即使別人不記得他的名字或長相，看到他這麼一個大男人穿著繡有牡丹花紋的小袖，肯定會印象深刻。

所以只要他們有經過這條路，一定會被發現。

他打算明天一早就進入美濃金山，所以今晚才會選擇露宿在荒郊野外。

到了明天，以才藏及申為首的真田忍者也會前來與他會合。

源九郎把大劍抱在右手的臂彎裡，將雙手抱在胸前交叉著入眠。

就在這個時候——睡夢中的源九郎感受到一股奇妙的感覺。

有什麼東西正從美濃的方向——也就是源九郎來時的方向逐漸逼近。

那種感覺既不是腳步聲，也不是氣息，而是一種非常奇妙的感覺。

打從源九郎察覺到那股感覺的瞬間，他就已經清醒過來了。是那股感覺令他清醒的。

源九郎一開始還以為是人類，但是他馬上就發現到那不是。

因為對方散發出來的感覺跟人類的氣息還是有著些微的不同。

是動物嗎？他也不知道。因為那種感覺跟源九郎所知道的動物都不太一樣。

浮現在源九郎腦子裡的，是肚子上長出一顆狗頭的男人，也就是權三。

那感覺跟權三的臉一起令源九郎清醒過來。

源九郎像一隻大熊似的伸伸懶腰，直起身來。手裡還抱著他的大劍，屁股也還坐在地上。

雖然樹枝在頭頂上形成綠蔭，但他畢竟是在市集裡，樹蔭的密度沒那麼高，月光得以從樹蔭的縫隙間灑落下來。

那股感覺愈來愈接近，但是並沒有權三那時的殺氣。

看見了。一道黑影，沐浴在月光下，從飛驒道的黑暗中走來，那道黑影比無邊無際的黑夜還要黑。

那個東西的身體一帶還像金屬一樣地反射著月光。

雖然它用兩隻腳走路，但是那個東西並不是人，也不是獸，倒有幾分像鬼。

是一種堪稱為異形的東西。

那個東西的全身上下覆蓋著一層宛如盔甲的外殼，有點像是西式的鎧甲……

只不過，那層外殼雖然很像盔甲，但畢竟不是盔甲，而是更緊貼著身體的物質。

甲蟲或鍬形蟲之類的昆蟲身體表面有一層甲殼質素製成的硬殼，同樣的，覆蓋在那傢伙身體表面的盔甲狀的東西，也可以說是那傢伙身體的一部分。

肩、胸、臂、肘、腰、腿、膝、身、頭。

身體的各個部位都包覆在那層盔甲狀的硬殼底下，每個關節的地方都還有便於活動的缺口，以免妨礙到身體行動。

黑影身上那層看似盔甲的硬殼反射著月光，由黑色的鐵塊所構成的鬼——簡稱黑鐵鬼。

頭部就跟蒼蠅一樣，長著一雙巨大的蒼蠅眼，上頭還有複眼，每一顆玻璃材質的複眼都反射著月光。

看不到鼻子和嘴巴，它的臉上覆蓋著一個碗狀物。

如果它的臉和人臉一樣的話，碗狀物大概就蓋在鼻子和嘴巴之間，那很明顯就是人造物。

背上好像還背著一個箱型的物體。覆蓋在那個黑鐵鬼嘴巴附近的碗狀物底部伸出兩根管狀的東西，各自往左右兩側分開，拉出一條大大的曲線，繞過那個東西的肩頭，連接到背後的箱型物體上。

黑鐵鬼的右腰上還掛著一把奇形怪狀，長得很像鐵砲⑨的東西。

更奇怪的是，黑鐵鬼頭上三尺左右的半空中，居然懸浮著一顆圓球，大小大約是兩隻手可以環抱的程度。

從反射月光的程度來看，那似乎是顆金屬球。

那顆金屬球此刻正配合著黑鐵鬼的步調，亦步亦趨地跟著黑鐵鬼，一步步靠近。

源九郎好整以暇地站起來。他左手握著大劍，站在原地，做好隨時可以用右手拔出大劍的準備。

蓬亂的頭髮被他隨興地綁在後腦勺，沒有被綁到的髮絲到處亂翹，整體看起來就像是頂著一個鳥窩在頭上。

源九郎觀察那個東西的同時，那個東西還是以同樣的步調走到源九郎的面前。

那個東西突然停下腳步，把身體轉向源九郎。

看不出它臉上的表情。要是有人能夠看得懂那個東西在想些什麼的話，那個人肯定也能解讀蒼蠅的表情吧！

源九郎依舊觀察著那個黑鐵鬼，看不出它在想什麼。

黑鐵鬼突然開口說話了：「有沒有看到一個衣袖上繡有牡丹圖案的男人？」

他的聲音完全沒有人類說話時應該會有的抑揚頓挫，既沒有溫情、也沒有憎惡。

是一種不帶任何感情的聲音。

最重要的是，那個東西問的居然是：「有沒有看到一個衣袖上繡有牡丹圖案的男人？」

也就是說，這個黑鐵鬼也在追查牡丹的下落。簡而言之，這個東西其實是在追查舞——也就是蘭的下落。

是權三的同伴嗎？源九郎頓時明白過來。

不對，說得再明確一點，是依附在權三身上的東西——是那傢伙的同伴才對。

「沒有，我沒看見。」源九郎回答。

「這樣啊！」

黑鐵鬼接受了他的說辭，轉身背向源九郎，就這麼頭也不回地揚長而去。

黑鐵鬼的身影消失之後，源九郎吐出長長的一大口氣。

如果那個黑鐵鬼再繼續杵在他身邊，自己很有可能會掄起大劍，一劍砍下去。

說起來，黑鐵鬼也算是自己的敵人。

⑨古代對槍枝的稱呼。

因為那傢伙要取舞——也就是蘭的性命，所以才會問他知不知道牡丹的下落。

那傢伙跟權三似乎又不太一樣。

他本來想要出其不意地用大劍砍掉那傢伙的腦袋，可是手卻不聽使喚。

他本來認為自己很有勝算的，但為什麼沒有出手呢？

他也不知道。

總而言之，在他自己都還沒有下定決心之前，黑鐵鬼丟下一句「這樣啊」，就轉身離開了，也不知道對方到底有沒有看穿自己的想法。

呼……

源九郎又大大呼出一口氣。

5

那天早上，第一個從下原口關卡走出來的官差名叫關口矢十郎。

矢十郎即將遭遇這輩子最大的悲劇。

他一走到外面，便看到一個黑色的人影站在清晨朝霧縈繞、連開都還沒有開的關門旁邊。

那道剪影看起來雖然像是人影，但是仔細一看，卻不是人類，而是令人感到不寒而慄的異形。

頂著一顆蒼蠅頭的黑鐵鬼。

矢十郎先是愣了一下，然後便直覺想到那可能是有人在惡作劇。

他一開始還以為是有人故意戴上一頂詭異的頭套，然後再穿上一身黑服站在那裡。

他便走到那個黑鐵鬼旁邊問道：「喂！你穿成這樣在這裡做什麼？」

他走到那個黑鐵鬼的身邊時，總算發現那顆蒼蠅頭並不是頭套，那一身黑當然也不是什麼黑衣。

「有沒有看到一個衣袖上繡有牡丹圖案的男人？」就連聲音也很古怪，因為聲音是從那個東西背上的箱子裡傳出來的。

矢十郎被嚇得說不出話來，整個人都傻住了。

「有沒有看到一個衣袖上繡有牡丹圖案的男人？」那個東西又再問了一次。

「沒、沒……」矢十郎嚇得連聲音都快要發不出來了。

「到底有沒有看到？」那個不帶任何感情的聲音繼續逼問。

「妖、妖怪啊！」矢十郎的聲音和臉全都開始抽搐。

聽見矢十郎的尖叫聲，又有兩個官差衝了出來，手裡還握著劍。

他們分別是石渡清四郎和川端善明。

「發生什麼事了？」

「矢十郎?!」兩個人跑了過來。

就在這個時候，矢十郎拔出了繫在腰間的劍。

見他拔劍，石渡清四郎和川端善明也跟著拔劍出鞘。

「有沒有看到一個衣袖上繡有牡丹圖案的男人？」

那個黑鐵鬼又問了一次。

這下子，矢十郎總算聽懂他在問什麼了。
「沒、沒看到。」矢十郎說道。
這是實話，他的確沒有看過什麼袖子上繡有牡丹圖案的男人。
黑鐵鬼望向清四郎。
「沒看到。」清四郎回答。
「你呢？有沒有看到？」黑鐵鬼把臉轉向川端善明問道。
「沒看到。」善明回答。
黑鐵鬼沉默了一會兒，突然轉過身去。
「等、等一下……」矢十郎叫住他。
黑鐵鬼停下腳步，轉過頭來。「你有看到嗎？」
「你這小子，究竟是什麼人？來做什麼的……」矢十郎問道。
「你有看到嗎？」黑鐵鬼朝著矢十郎逼近。
雖然背後就是磚塊的圍牆，但是矢十郎還是不由自主往後退了。
「你再過來的話，休怪我劍下不留情囉！」矢十郎高聲大叫。
「不留情？是指『殺掉』的意思嗎？」
「沒錯，小心我殺了你。」
矢十郎的話都還沒有說完，黑鐵鬼的右手就先動作了。
黑鐵鬼拔出掛在腰上那把類似鐵砲的東西，用雙手拿著，以像是槍口的部分對著矢十郎。

輕微的爆炸聲響起，有個東西從槍口飛了出來，鑽進矢十郎的肚子裡。

就在這個時候——

「砰！」矢十郎的肚子應聲爆裂，內臟從肚子上的破洞往周圍四散紛飛。

「豈、豈有此理?!」

「你這個王八蛋！」清四郎和善明一面吆喝，一面作勢要揮刀，肚子上卻先後各挨了一槍。

結果清四郎和善明也都跟矢十郎一樣，落得內臟四散紛飛、應聲倒地的下場。

就在那個時候，為數眾多的官差紛紛衝了出來。

這就是後來《飛驒編年史》裡所謂「飛驒大亂」的事件開端。

第三章　變身

1

在居高臨下地俯瞰飛驒川的街道旁，有一間茶寮。

飛驒川在這裡繞了一個大彎，馬路也沿著飛驒川的曲流往上游大幅度地轉向右邊。路面大約高出飛驒川的水面十間❿有餘的距離。

山谷的斜坡從路面往河堤延展開來。斜坡上長滿了杉木和檜木等巨大的樹木，底下覆蓋著草叢，以低矮的小竹為多，尤其是葉片很大的山白竹。

即使走在飛驒道的街道上，如果不站到角度較特別的地方，也看不見下方的飛驒川，頂多只能從生長在斜坡上的樹叢間隙窺見一點端倪。

所以走在路上的人，其實是聽到底下傳來的潺湲水聲，才知道那裡有條河川。

儘管如此，有時候還是會經過一些視野比較開闊的地方，站在那裡就可以居高臨下欣賞由藍色深淵和白色淺灘交織而成的飛驒川。

那間茶寮就位在這樣的地方，即使它和其他茶寮都一樣位在看得見飛驒川的地方，卻擁有比別人更好的視野。

面向飛驒川右邊懸崖的斜坡上湧出一道細細的清泉，在那裡可以喝到透心涼的冰水。前往飛驒道的人會自然而然地在這個地方小憩片刻。

為了從這些旅客身上賺到錢，不知何時起，有人便蓋了這麼一間小屋，以便宜的價格提供茶水給旅客飲用。

小屋的結構非常粗糙，一進門就對著一口大灶，也沒有鋪設地板，只有在後面稍微用木板墊高，隔出一個空間當作地爐。

地爐裡用竹籤插著老闆從沼澤裡釣到的嘉魚和櫻鱒，圍著火堆排成一個圓圈。

大灶旁的牆角堆著一堆柴火。

看樣子，旅客如果有需要的話，店家是可以容納幾個人在這裡投宿的。

在小屋側邊有片寬闊的屋簷往外延伸，屋簷底下放置著一些剛撿回來，還沒有劈的枯枝。

小屋前面向街道的部分也有屋簷，屋簷底下並排著兩張板凳，旅客可以坐在上頭喝茶。

武藏此時就坐在其中一張板凳上，悠然自得地喝著茶。

另一張板凳上也坐了兩個人，這兩個人也在喝茶，分別是一個男人和一個女人。也就是柳生十兵衛和萩。

武藏一面把裝有茶水的碗送到嘴邊，一面隨意瀏覽著周圍的風景。

❿日本的度量衡單位，一間等於六尺，相當於一點八一八公尺，所以十間相當於十八公尺。

在這之前，十兵衛一直尾隨在武藏的後頭，遠遠打量著武藏的一舉一動。

武藏進入這間茶寮後沒多久，他也跟了進來。

「你有看到一個衣袖上繡有牡丹圖案的男人打這裡經過嗎？」

聽武藏這麼一問，茶寮的老闆回答：「抱歉，我沒有注意到……」

就在這個時候——

「哎呀！武藏大人，我們也口渴了呢……」十兵衛露出悠然的笑容，走到屋簷底下。

雖說十兵衛早就知道武藏知道自己在跟蹤他，但這還是十兵衛第一次明目張膽地主動靠近他，武藏根本沒有時間拒絕。

這個叫作十兵衛的男人，很清楚如何讓別人卸下心防。

十兵衛不等武藏回答，逕自坐在另一張板凳上，對茶寮老闆說：「也給我們來一杯吧！」然後，他直接坐在武藏身旁的板凳上喝起茶來。

「我說武藏大人，今天的天氣很好呢！你瞧那山，看起來多美啊！」十兵衛主動向武藏搭訕。

武藏把整張臉轉向十兵衛的方向。

「確實是很美。」武藏以一本正經的語氣回答。

「這裡的秋天要比城裡來得早，楓葉也已經開始轉紅了呢！」

「確實是開始轉紅了。」武藏有一搭沒一搭地答話。

「十兵衛大人，」武藏直接用那種有一搭沒一搭的語氣質問十兵衛：「你為什麼會進入飛驒道呢？」就連問話的方式，也跟武藏的劍術一樣，單刀直入，沒有太多的修飾。

「哎唷！武藏大人，這只不過是一個巧合，我也剛好有事要去飛驒嘛！」十兵衛的表情看起來像是要這樣打迷糊仗，但沒想到說出口的卻是：「因為我們一直跟在武藏大人的身後啊！」十兵衛的回答也非常簡單明瞭、清楚易懂。

「為什麼要跟著我？」武藏連這個問題都懶得問了。

因為就算他這麼問，十兵衛肯定也只會四兩撥千金地回答：「當然是因為想知道武藏大人正在追查的那個人到底是不是益田時貞啊！」

「原來如此。」所以武藏只回了這麼一句，然後便拿起放在板凳上的劍，站了起來。動作俐落地把那把劍插在腰上，朝十兵衛跨出一步。

這時候，十兵衛已經完全進入武藏的攻擊範圍內了。

十兵衛卻繼續好整以暇地坐在板凳上，他的劍也還放在板凳上。

「就在這裡分出個勝負吧！十兵衛大人。」武藏面無表情地說道。

「老闆……」武藏開口叫住茶寮的老闆，視線不曾離開十兵衛身上片刻，「不好意思，可以請你當一下公證人嗎？本人乃作州浪人宮本武藏，此時此刻，在這個地方對柳生十兵衛提出決鬥的要求。」

年事已高的茶寮老闆從喉嚨裡擠出一絲不成調的呻吟聲，不停往小屋的裡面退。

這條街道上的居民，肯定不會對宮本武藏的名號感到陌生。

另一方面，就算沒聽過柳生十兵衛的全名，肯定也聽過大名鼎鼎的柳生一族。

「武藏大人，我前幾天不是才說過嗎？我是不會跟您決鬥的。」

「那我就重新再提出一次邀請，跟我決鬥吧！十兵衛大人。我早就想跟名滿天下的柳生交手了，想必閣下對我武藏的劍術也很感興趣吧？」

一旦讓宮本武藏和柳生的名號在這個市集裡傳開，武藏的任務會更難完成。

一旦傳進益田時貞的耳朵裡，他肯定馬上會猜到武藏是來找自己麻煩的吧！

只不過，武藏在中仙道這件事，在他與小次郎的徒弟在赤坂村一決勝負的時候，早就傳得街知巷聞，所以會因此變得綁手綁腳的不是武藏，而是十兵衛。

看樣子，武藏已經把這些利弊得失都想過一遍，才對十兵衛下戰書的。

「這可真是難倒我了呢！」十兵衛說話的語氣雖然還在裝傻充愣，但是表情已經嚴肅了起來。

因為武藏的全身上下正散發出令人驚心動魄的劍氣，將十兵衛團團圍住。氣勢之強，幾乎要令十兵衛的身體開始不由自主地顫抖起來了。

武藏不僅是大大方方地報上自已的名字，還直呼柳生跟十兵衛的名號。

要是十兵衛拒絕和武藏決鬥，用不了多久，全世界都會以為柳生是因為怕了武藏，所以才避免跟他決鬥。

這和昨晚在觀音堂前的情況是不一樣的，武藏明知道這件事，卻還故意提出決鬥的要求。

我接受——只要他答應了，就算武藏的劍在那一瞬間就砍過來，也不算違背決鬥的原則。

另一方面，如果十兵衛在說出那個「好」字的瞬間就馬上拔劍，也絕對符合決鬥的精神。

問題是……十兵衛眼下還不能取武藏的性命。

「你先拿出證據來再說。」要是他剛才沒有主動稱對方「武藏大人」的話，十兵衛還可以藉詞推託，「你得先拿出閣下就是宮本武藏的證據才行。至於要不要接受你的挑戰，得等我驗明你的正身再說。如果每個假冒別人名號找我挑戰的人我都要一一理會的話，我柳生一族再多人也不夠用。」

「武藏大人，我想您應該也很清楚，我柳生一族自從成為將軍府欽點的劍術指導之後，與其他流派的人比試就成了不被允許之事了。雖然我也很想見識一下打敗巖流的武藏劍法，但是私下決鬥這事還是恕我無法答應。」最後十兵衛是這麼說的。

「這樣啊……」武藏喃喃低語，最後終於把身子退開了。

一步，兩步，三步。武藏退了三步之後，再次停下腳步，此時柳生已經在他的攻擊範圍之外。

「有件事我想先提醒柳生大人，從今以後，如果閣下再進入我的攻擊範圍，就表示閣下接受我的挑戰，屆時我們勢必要當場分出個高下，這點還請您牢牢記住。」

武藏把手伸進口袋裡，掏出一把碎銀子，把碎銀子放在旁邊的板凳上。

「告辭。」武藏轉身背對十兵衛，頭也不回地走掉。

「嚇死我了，武藏那傢伙，還真是個難對付的狠角色啊……」

武藏的背影消失在視線範圍之外後，十兵衛才大大地吐出一口氣。

就在這個時候，遠處傳來一陣女性的尖叫聲。

2

驛站那裡的情況十分古怪，空氣中瀰漫著一股莫名的浮躁。

眾人常會把視線集中在源九郎身上，這其實早已是司空見慣的事。與平常不同的是，每個人的視線裡都帶著恐懼。

萬源九郎……身高大約六尺五寸五分——將近兩公尺高。

左右兩邊的袖子全都齊肩扯斷，從肩膀處露出粗壯的手臂，上臂遠比幼兒的腰圍還要粗。

一頭亂髮在後腦勺隨意地紮起來，頭上插著一根紅色的珊瑚髮簪。

腰間插著大小各異的兩把刀，背上還背著一把來自異國的大劍。

黝黑的皮膚跟日本人的膚色相去甚遠，眼角眉梢同時流露出不可思議的俏皮神采。

不管走到哪裡，巨大的軀體總是引人側目。

問題是，他這次在金山驛站迎上的視線，跟之前看他的眼神都不太一樣，好像另有隱情。

總而言之，得先隨便找個人來問個清楚才行。

因此源九郎四下張望，尋找交談對象，但是每當他即將捕捉到某個人的視線時，那人就會急急忙忙地把視線撇開，不是繼續做自己手邊的工作，就是走到別的地方去。

再這樣下去什麼辦法也沒有。

源九郎打定主意，站到木賃宿的門前。

他一看到外表像是旅店老闆的男人，就急忙趕在對方把視線移開之前先聲奪人地發問：「不好意思，可以請教你一個問題嗎？」

源九郎直盯著對方不放，筆直走到那個人面前才停下腳步。

「什、什麼問題？」

周圍的視線全都集中在他們兩個人身上。

源九郎感覺得出來，周圍的人都在側耳傾聽他們的對話，似乎是對源九郎到底會問出什麼問題感到十分好奇。

在這種情況下，最理想的作法就是讓周圍的人都能聽清楚自己的問題。

人群盡可能聚集起來會更好。

因為有的時候即使被問話的人不知道，聚集在周圍看熱鬧的人當中可能也會有人自告奮勇地說：「我知道。」

於是，源九郎問那個頭上夾雜著白髮的旅店老闆：「我正在找一個衣袖上有牡丹圖案的男人，你有沒有看到過這樣的人？」

源九郎的話都還沒有說完，旅店老闆就發出「噫」一聲尖叫，逃進旅店裡。

「喂！」任憑源九郎再怎麼叫喊，老闆就是死都不出來，周圍看熱鬧的人也都一樣。

源九郎知道再問旅店老闆也問不出個所以然來，只好把目標轉向其他的人，但是每個被源九郎視線掃到的人，全都驚聲尖叫，轉身逃跑。

不一會兒，源九郎的周圍就再也看不到半個人影了。

源九郎只好沿著沒有半個人的路往前走，前面就是關卡。

看到關卡的慘狀，源九郎嚇了一跳，不由得發出錯愕的驚呼：「這是怎麼回事？」

關卡用來防止人員進出的柵欄和門全都被破壞了。

不僅如此，就連在關卡對面原本該有官差駐守的建築物也被一把火給燒掉了。

有好幾根柱子只是被燻得焦黑，還勉強能夠顫巍巍地立在那裡，但地上到處都是殘骸，還冒出陣陣的濃煙。

空氣中也還殘留著悶燒時特有的濃濃煙臭味，再靠近一點，就會發現另一股有別於悶燒的臭味撲鼻而來。

那是人肉被燒焦的臭味……以及血腥味。

關卡內的廣場一隅倒著好幾具被燒得焦黑的屍體。

仔細一看，在那附近的地面上還遍布著無數的血跡，以及人肉的碎片、看起來像是一部分內臟的東西，雖然都已經滲到沙中了。

在欄杆的一角，沾著一綹連著皮肉的頭髮。

到底發生什麼事了?!

有幾個剛才聽到源九郎的問題、倉皇離去的人，衝向躲在柵欄裡的官差，大聲呼叫。

聽見呼叫聲的其中一名官差，擺出一副如臨大敵的樣子，把手放在刀子上，用驚恐萬分的表情盯著逐漸靠近的源九郎。

「來、來了！」那個男人的聲音無法控制地拔高，「那邊那個男人在問，有沒有看到衣袖上有牡丹圖案的男人。」

所有的官差全都一起停下手邊的工作，轉頭望向源九郎。

「就、就是這個男人嗎？」

「不，好像不是喔！這個人不是今天早上那個。」

「這傢伙是人類。」

「真的是人類嗎？」

「還是那個怪物的同伴？」官差們的臉上全都浮現出同樣驚慌失措的表情。

一聽到「怪物」和「衣袖子上有牡丹圖案」這兩組關鍵字，源九郎就大致猜到是怎麼一回事了。

那傢伙來過了。

昨夜問自己「有沒有看到衣袖上繡有牡丹圖案的男人」的那個東西也來過這裡了。

而且那傢伙還把這裡變成了人間煉獄。

問題是……為什麼要這麼做？

牡丹在這裡碰上了那傢伙嗎？

如果真的碰上了，牡丹和那傢伙現在怎麼樣了？舞呢？

源九郎推開被弄壞的柵欄，走到裡面去。官差們紛紛往後退。

「喂，發生什麼事了？」源九郎問道。

沒有人回答他，全部的人都把手放在刀子上，用嚇壞了的眼神望著源九郎。

「到底發生什麼事了?!」源九郎忍不住大喝一聲。

3

「好奇怪……」十兵衛喃喃自語道。

「有什麼不對勁嗎？」與他並肩而行的萩問道。

「妳沒發現嗎？」十兵衛把視線投向走在他們前方大約三十間距離處的武藏背上。

「武藏嗎？他怎麼了？」

「不是。」十兵衛說道。

「不是？」

「那個人並不是武藏。」

「您說什麼？」任萩橫看豎看，武藏就是武藏。

他一步一步前進，從樹梢間隙篩落的陽光也持續灑落在他的背上，當武藏走到太陽下的時候，從葉隙灑落的陽光所形成的陰影也會隨之消失。

武藏衣服上那股彷彿沾染了魚內臟的臭味，也不時隨風飄送過來。

比常人高上一個頭的身高是武藏的沒錯，那種走路的方式也是武藏的。

「走快一點看看。」十兵衛說道。

萩遵照他的指示，配合十兵衛的速度加快腳步。

「距離完全沒有縮短耶！十兵衛大人。」萩的語氣裡也透露著訝異。

「再走快一點看看。」

萩又加快了跟蹤武藏的腳程，卻發現走在他們前面的武藏也同樣加快了腳程。

這樣子是追不上的。

「接下來放慢速度試試。」

萩遵照十兵衛的指示，放慢了腳步。

結果——走在他們前面的武藏居然也放慢了腳步，兩者之間的距離不多不少，正好三十間……

從剛才開始，武藏和十兵衛他們之間就一直保持著這個距離。

看樣子是武藏在調整他們之間的距離。

「這是怎麼回事？」

「從好一陣子之前，武藏就一直是以這樣的距離走在我們前面了！」

「您打算怎麼辦？」

「總而言之，只能先追上武藏再說了。」

「這麼做不是很危險嗎？」

不久前，武藏才警告過十兵衛，如果膽敢闖進他的攻擊範圍，就等於是接受他的挑戰。

換句話說，武藏的意思是：無論十兵衛有什麼理由，只要主動闖進他的攻擊範圍裡，就會受到他的攻擊。

「那傢伙如果真是武藏才會危險。」話才剛說完，十兵衛已經衝上前去了。

同一時間，武藏也開始拔足狂奔。

「十兵衛大人！」萩緊追在十兵衛的身後。

好快！十兵衛的速度好快！換句話說，武藏的速度也一樣快。

「這不是……」萩情不自禁地喊出聲音來，「這不是忍者的速度嗎？」

對方從頭到尾始終保持著一定的速度，換作是武士的話，即使剛起跑的速度很快，之後也會逐漸慢下來。但那個人卻不然。

當然，決定用這種速度追擊的是十兵衛，武藏只是用和十兵衛一樣快的速度在跑而已。話雖如此，他的速度卻始終保持在十兵衛的平均速度。

只要十兵衛加快腳步，武藏便跟著加快腳步；一旦十兵衛放慢了腳步，武藏也會跟著放慢腳步。

「要走囉！」十兵衛邊跑、邊說。

咻！十兵衛的速度又提高了。

在那一瞬間，武藏雖然也試圖要配合他的速度，但實在是來不及，所以武藏和十兵衛之間的距離便漸次縮短了。

就在這個時候——武藏突然停下腳步，轉過頭來，舉起雙手，把掌心對著十兵衛。

「恭候多時了，十兵衛大人。」那個人如此說道，但那不是武藏的聲音。

十兵衛和那個打扮成武藏的男人正面對峙，兩人之間大概還有五間的距離。

「哎呀，真不愧是十兵衛大人，腳程有夠快的。」那個男人說道。

聲音自然不用說，就連五官也長得跟武藏大相逕庭。

而且，那張臉好像在哪裡見過。

「我是不是在中仙道的路上見過閣下？」十兵衛瞪著那個男人說道。
「是的，十兵衛大人好記性。」那個男人有點上氣不接下氣地回答。
這小子——在即將從中仙道進入飛驒道的地方，有個打扮成旅行商人模樣的男人從路旁叫住武藏，兩個人還站在路邊講了一下話。
眼前這個穿著武藏的衣服、注視著十兵衛的人，就是當時的男人，也就是霧隱才藏。
「累死我了，穿著這樣的鬼東西，跟本跑不贏十兵衛大人嘛！」才藏笑道。
他把手伸進褲管底下，把某種東西從兩隻腳上拆卸下來——居然是高蹺！
看樣子，才藏是利用這雙高蹺來彌補他和武藏身高的差距。
「我完全被你騙倒了呢！」十兵衛搔了搔頭。
「真是對不起。」才藏老老實實地道歉。
「你們是什麼時候調換過來的？那匹馬衝出來的時候嗎？」
「沒錯，就是在那匹馬衝出來的時候。」
才藏口中「那匹馬衝出來的時候」，指的是不久之前發生的一件小事。
當時，十兵衛和萩還在茶寮裡，聽見女人的尖叫聲。
十兵衛和萩把視線轉向聲音的來處，想知道發生了什麼事。
只見一匹快馬穿過他們眼前，往飛驒的方向疾馳而去。
有個作旅行打扮的女子死命攀附在那匹馬背上，發出歇斯底里的尖叫聲。
看樣子可能是她騎的那匹馬不知受了什麼刺激，突然暴衝起來吧！

如果冷靜下來，握住馬的韁繩，應該就可以使馬乖乖聽話。可是女人的手裡並沒有韁繩。而且女人歇斯底里的尖叫聲，更是讓馬完全不受控制。

在馬兒瘋狂暴衝的前方，可以看見武藏的背影。

武藏回頭看了一眼，馬上明白發生了什麼事。

他配合那匹馬暴衝的速度，開始狂奔。

眼看那匹馬就快要追上武藏了。

武藏當然不會錯過那個瞬間，他用右手握住韁繩，一隻腳踩在馬鐙上，邊跑、邊跳地跨上了女人身後的馬屁股上。

「吁——」

雖然武藏拉住了韁繩，但是那匹馬並沒有立刻安靜下來。

光是扯扯韁繩是沒有辦法讓興奮過頭的馬立刻安靜下來的

雖然速度已經明顯慢下來許多，但是那匹馬還是載著武藏和那個女人往山路的方向奔去，最後消失了蹤影。

十兵衛和萩匆匆付完茶水錢，連忙追了出去。

追了一小段路之後，他們發現有一匹馬被繫在路旁的樹下。

馬背上已經看不到武藏和那個女人的身影了。

那個女人一臉茫然站在馬的旁邊，但是到處都不見武藏的身影。

十兵衛走到那個女人面前問道：「妳沒事吧？」

確認那個女人平安無事之後，十兵衛接著又問：「救了妳的那位武士呢？」
「他把馬停住之後，說他還有要事在身，就往那個方向去了。」女人是這麼回答的。
十兵衛和萩加快速度追上去，果然在前方看見武藏的背影。
就這樣，他們一路跟在武藏後面，最後發現他們起先以為是武藏的人並不是武藏。
「也就是說，那匹馬……」
「那只是我們合演的一齣戲。」
「武藏也配合你們演戲嗎？」
「是的。」
「所以武藏那傢伙，說什麼如果進入他的攻擊範圍內就要殺了我，也是為了不讓我們太靠近嗎？」
「是的。」才藏點點頭。
「忍者會把自己的手法告訴敵人嗎？」
「沒辦法，因為我必須要再拖住您一會兒才行。」
「為了替武藏爭取時間，讓他可以去別的地方嗎？」
「正是。」
聽見才藏這麼乾脆的回答，十兵衛突然開始縱聲大笑，好像他說了什麼好笑得不得了的笑話似的。
「哈哈哈！」十兵衛愈笑愈大聲。

「什麼事情這麼好笑呢？十兵衛大人。」

「沒有啦！我只是一想到那個名滿天下的武藏大人，對區區在下十兵衛拚命演戲的模樣，就覺得好好笑……」

聽到十兵衛的笑聲，才藏也忍不住和他一起笑了起來。

「你明明是忍者還會笑？」

「不，事情夠好笑的話還是會笑。」

「你還真是一個有意思的忍者啊！在你離去之前，可以告訴我你的名字嗎？你要胡亂報名號也無所謂。」

「我叫作才藏。」

「你和武藏是什麼關係？」

「不是主從，也不是敵人，更不是同伴。」

「哦？」

「基本上是互相利用的關係，但是在不知不覺之間也培養出一點感情了呢！」

「你又在說笑了。」

「那麼，就此告別了，十兵衛大人。」才藏的身體跳到半空中，發出沙沙聲，縱身躍向飛驒川的斜坡。

生長在斜坡下方的檜木樹枝晃盪了一下，又晃盪了一下……

不知不覺間，才藏的氣息已經消失了，晃動斜坡上樹枝的，就只是普通的風。

「萩啊……」十兵衛望著被風吹動的樹梢好一會兒之後說道：「妳對那齣戲有什麼想法？」

「您的意思是？」

「妳認為武藏是去了飛驒？還是再度回到中仙道往江戶的方向前進呢？」

4

牡丹隻身進入美濃金山的時候，整個驛站比源九郎出現的時候還要喧擾一倍不止，這也是可想而知的。

畢竟才一大清早，就已經死了一堆人。

包括關口矢十郎、石渡清四郎、川端善明等人在內，光是官差就死了十一個，傷者也將近二十來個。

即使僥倖逃過一死，也會少條腿或斷條胳臂，且多半都只剩下一口氣。

也有不是官差的老百姓無端被捲了進來，死者五人，傷者八人。有兩棟番所被燒掉了。

一旦被那傢伙手裡那把貌似鐵砲的東西射擊到，身體就會爆炸。

除此之外，還有跟那傢伙一起出現的圓形金屬球。

據說那傢伙只要碰一下那顆圓形的金屬球，那顆圓形的金屬球就會馬上變成匪夷所思的形狀，噴出火來。就是那把火燒掉番所的……

當附近已經再也沒有會動的人類之後，那傢伙丟下一句：「我還會再來的……」就離開了。不是用走的離開，而是往空中飛去。

那傢伙用手碰了一下浮在半空中的那塊詭異金屬，那塊金屬就立刻變成一朵蓮花的形狀。

據說那傢伙坐上那朵蓮花的中心之後，那朵蓮花形狀的金屬便輕飄飄地浮上天空，頭也不回地不知道飛往哪裡去了。

以上是牡丹進入金山之前，驛站慘案的大概經過。

造成這整起事件的開端，「衣袖上繡有牡丹圖案的男人」居然真的出現了……眾人會如此驚駭也難怪了。

牡丹一路上叫住過很多人，但是沒有半個人有辦法完整地跟他說上一句話，他們全都逃走了。

跟源九郎遇到的情況一模一樣。

牡丹抓住一個原本也打算腳底抹油的男人，不由分說地逼問他：「發生什麼事了？」

「怪、怪物出現了！」那個男人回答。

「什麼樣的怪物？」

「黑、黑色的……像蒼蠅一樣的怪物……人不像人鬼不像鬼的……」

「然後呢？」

「然後那個怪物用一種像是鐵砲的奇怪武器射殺了許多人……」

「殺了人？」

「沒、沒錯。」

「為什麼？」

「我怎麼會知道，我又沒有看見，只是聽人說的，聽說那傢伙正在尋找一個衣袖上繡有牡丹圖案的男人。」

「哦？那不就是我嗎？」

「沒錯，那傢伙就是在找你啦！」

「為什麼要找我？」

「我們怎麼可能會知道，你應該自己心裡有數吧？你不認識那傢伙嗎？」

「我才不認識……」牡丹靜靜地搖了搖頭，一邊搖頭，一邊想。

對了，那傢伙該不會就是舞說的，「不存在於這個世界上」的追兵？

被牡丹逮住的那個男人趁他在思考的時候逃走了，從那男人口中得到的情報還不足以讓他了解事情的全貌。

如果可以的話，他比較想聽聽直接遇上那個異形的人的說法，但他聽說看過那傢伙的人大多是官差，他可不想在這種情況下和官差面對面。

因為誰也不敢保證官差裡頭沒有知道益田四郎時貞之名或長相的人，要是被這種人撞見了，接下來要在飛驒進行的工作就會出現很多阻礙。

既然如此，應該不要太勉強，暫時撤退。這樣會比較好嗎？還是說，繼續待在這裡，讓「衣袖上繡有牡丹圖案的男人出現了」的傳言傳開來比較好？該怎麼做呢？

不知何時，在他思考著這個問題的時候，已經被看起來像是官差的人給團團圍住了。

看樣子，官差得知對手是一個長得跟弱女子無異的男人之後似乎也不怎麼害怕了。

「喂！那邊那個人，可以請你到番所走一趟嗎？」一個已經拔刀出鞘的男人說道。
「番所？」
他口中的番所幾乎已經蕩然無存了，只剩木材燒焦的臭味還瀰漫在空氣裡。
番所原本應該就在前面不遠處，因為另一頭還看得見被破壞得七零八落的圍牆柵欄。
「不好意思，我可沒有那個閒工夫去什麼番所。」
「你說什麼？」又有好幾個人陸續拔刀出鞘。
「因為有人還在等我回去呢！」
「當然是上頭交代的事比較要緊。」
「上頭？」
「沒錯。」
「就算你想拿上頭來壓我，我說沒時間就是沒時間。對了，這一帶有什麼地方可以買到乾飯和味噌嗎？如果番所裡有這些東西，而你們又願意分一點給我的話，要我跟你們走也不是不可以喔。」
牡丹毫不在意地往前走，好像真的在找乾飯和味噌的樣子。
可是站在他行進方向的其中一個官差卻誤會了他的舉動。
「別、別過來！」那名官差嘶喊著，擺出備戰的架式。
「別過來？」
就在牡丹反問的那一瞬間，那名官差的緊繃情緒似乎已經攀升到最高點了。

「哇啊啊啊！」
只見那名官差大喝一聲，將握在雙手裡的劍往牡丹砍過來。
牡丹輕巧地一個轉身，就躲開了他的攻擊。
官差被自己揮劍的重量牽動，腳步踉蹌，身體也跟著晃動了一下。
「該死，還想反抗嗎？」
周圍的官差也全都把刀架好了，每個人的眼神都很不尋常。
「真傷腦筋……」
看來這群人完全沒有要讓開的意思。
就在這個時候，柵欄對面的門打開了，裡面走出一個體型壯碩的男人。
雖然有好幾個官差試圖阻止那個男人，但是全都被那個男人一腳踹開。
「唷！」那個男人向牡丹打了聲招呼。
牡丹回頭一看，眼前是一張似曾相識的臉。萬源九郎就站在他的面前。
「原來是你啊！」
「好久不見了呢！牡丹。」源九郎說道。
「好像在不知不覺中發生了嚴重的事呢！」
「我有話跟你說，怎麼樣？可以撥點時間給我嗎？」
「可以是可以，但是得先等我解決這些礙事的人再說。」
「要我助你一臂之力嗎？我也正好有事要找你，所以可以算你便宜一點唷！」源九郎說道。

5

「你可別大開殺戒喔！」源九郎又補充了一句：「殺了官差以後會很麻煩的。」

「我知道啦！」牡丹輕啟朱唇說道。

他的話還沒說完，剛才擺好迎戰架式的官差就從旁邊一劍砍了過來。

牡丹輕盈地縱身一躍，一腳踩在那個男人的頭頂上，借力使力跳到更高的半空中。

牡丹優雅地轉身，落在源九郎的身邊，宛如一根輕盈的羽毛飄落在地。

十幾個官差把他們兩個團團圍住。

或許是因為牡丹剛才的動作和源九郎巨大的身軀令他們心懷畏懼，而那個蒼蠅男——也就是黑鐵鬼也還讓他們心有餘悸吧，官差們只把他倆圍住，並沒有採取進一步的行動。

「看來似乎比想像中容易擺脫呢！」

「好像是呢！」

源九郎隨手撿起掉在地上、有部分燒焦的木頭，那原本應該是圍籬的木條。

「我只要這個就夠了。」

「讓我坐享其成好嗎？」

「無所謂，這次先賣你一個人情也不是件壞事呢！」源九郎說著說著，用手中那根粗圓的木棍輕輕往旁邊揮了一圈。

咻！耳邊響起空氣被劃破的聲音。長度大約九尺八寸，明明看起來沒出什麼力，氣勢卻十分驚人。

如果被這根木頭打到，不僅骨頭會斷掉，似乎就連內臟也會破裂。

「來吧！用這個的話，頂多打斷兩、三根骨頭，不過如果打到的地方不對的話，還是有可能會死掉就是了。」源九郎把木棍往地上一插，朝牡丹說：「要上囉！」

「好。」就在牡丹回話的同時，源九郎大大揮動著粗壯的木棍，拔足狂奔。

同一時間，馬上就有兩個來不及跑的官差被木棍撂倒，往旁邊飛了出去。

第四章　血風鬼

1

一條涓細的小溪流經山毛櫸森林的底部。

溪水十分冰涼，水色澄淨而透明，就像是會流動的玻璃一樣。

源九郎把雙手撐在清淺水底的岩石上，直接用嘴巴啜飲小溪裡的水。

鼻頭和髮梢都碰觸到了水面。

每當溪水流經源九郎的喉嚨，他的喉結就會在粗壯的脖子裡上下跳動，同時發出「咕嘟咕嘟」的聲音。

源九郎喝水的樣子，簡直就像是馬在飲水一樣。

坐在岸邊岩石上的牡丹面帶微笑地看著這一幕。

過了好一會兒，源九郎終於喝夠了。

他抬起頭來，呼出一大口氣，然後再吸進一大口氣。

大量空氣被吸進肺裡，然後又被排出來的聲音便傳入了牡丹耳中。

看樣子源九郎只顧著喝水，連呼吸都忘了。

源九郎隨興地用粗壯的手臂擦擦被水濡濕的嘴唇，用兩隻手掬起一把水，順便把臉也洗了一下。

「飛驒的水還真好喝。」

源九郎抬起濕淋淋的臉，聳起裸露在外的左肩在臉上胡亂抹了一把，這麼一來又把嘴唇給弄濕了。

「沒想到他們這麼快就放棄了。」牡丹坐在岩石上對源九郎說：「可能是因為早上才看到那麼多同伴死在自己面前吧。」

源九郎重新把臉轉向牡丹。

「來吧！」源九郎用雙手攏起被水打濕的頭髮，說道：「我有點事想要問你。」

「什麼事？」

「你知道有個名叫舞的女人吧？」

被源九郎這麼一問，牡丹停頓了一次呼吸的時間，然後微笑回答：

「知道啊！」

「把舞從木曾川的河岸上帶走的人，就是你吧？」

「什麼叫作把舞帶走？你這種說法會讓人誤會的，我是從一個會使用詭異忍術的忍者手中救了那個姑娘。」牡丹繼續微笑著說道：「雖然我不知道那個姑娘的來歷，但是把她一個人丟在那邊似乎也不太好，我怕她會有危險，所以我才把那個昏迷不醒的姑娘給帶走。」

「那她現在人呢？」

「已經清醒過來了。」
「為什麼你要去飛驒道？」
「我要到飛驒高山上辦點事。」
「那件事和舞有關嗎？」
「要說沒有的話，是沒有，但是如果硬要說有的話，或許也有一點點。」
「可以告訴我那一點點是什麼嗎？」
「這就要看你跟她是什麼關係了。」
「什麼意思？」
「意思是說，既然你願意為了尋找這個名叫舞的女人大老遠地跑到這裡來，你們的關係肯定不簡單吧？」
「牡丹，我這個人啊……頭腦其實不太好，所以請你不要再跟我兜圈子了。你的意思是說，你的飛驒高山之行，其實跟舞沒有什麼太大的關係，你要找的人是我，對嗎？」
「就是這個意思。」
「讓我整理一下。也就是說，你把舞帶去飛驒道，其實是為了要引我出來？」
「沒錯，因為我希望你跟我一起去飛驒高山。」
「為什麼？」
「還有什麼？不就是想製造出這樣的機會嗎？讓我們兩個可以好好說話的機會。」
「那這個機會不就比你預計的更早出現了嗎？」

「是的。」

「舞在哪裡？」源九郎問道。

只不過，牡丹並沒有回答，就只是一個勁兒地微笑。

「回答我，牡丹。不說的話，不要怪我不給你面子囉！」

源九郎豐厚嘴唇的右端往上勾了一下。

「我說牡丹啊……其實我還滿欣賞你的，所以我不想跟你鬧得太不愉快喔。」

「我也很欣賞你！所以我當然也很希望把舞毫髮無傷地還給你。」

「這樣啊？」

源九郎立刻把重心蹲低，似乎已經有與牡丹大打出手的覺悟。

山毛櫸的葉片已經開始轉紅，幾束陽光穿過樹梢，篩落在森林裡。

鳥兒在枝頭間鳴唱的歌聲，宛如小石子般地掉落在源九郎和牡丹的身上，然後是小溪幽靜而潺湲的水聲……

源九郎深深吸了一口氣，彷彿是要把眼前這一切光景連同空氣一起吸進肺部裡。

「對了，你不是也有問題要問我嗎？益田時貞。」源九郎說道。

「哎呀呀……」牡丹笑出了聲音。「原來你已經知道我是誰啦？」

「我聽說你是耶穌教的神之子，可是你不是應該早就已經死在天草了嗎？」

「你是從哪裡聽到這件事的？」

「我認識一個很有趣的忍者，叫作才藏，是他告訴我的，他說還有其他人在找你唷。」

「還有誰在找我？」

「宮本武藏。」

「原來是那個男人啊。」

「你已經知道啦？」

「早就知道啦！我還聽說武藏在赤坂村砍人的事。」

「那麼益田時貞找我這個無名小卒到底有什麼事呢？可以說給我聽聽嗎？」

「可以啊！只不過，在那之前我有個請求。」

「什麼請求？說來聽聽。」

「打從我們第一次見面的時候，我就一直覺得很好奇，你背上的那把大劍，是異國的東西吧？」

「沒錯，據說這把劍的主人原本是『馬其頓王國』的國王。」

「哦？」牡丹的眼睛裡開始閃出光芒。「那這把劍為什麼會落到你手裡呢？」

「據說是被一個叫作范禮安的人帶到這個國家的，他好像是你的同伴呢！」

「哦？」

「這把劍是我父親留給我的。」

「令尊嗎？」

「我父親的名字叫作彌助。」

「我聽過這個名字，我記得那好像是范禮安獻給已經仙逝的信長大人的黑人……」

「沒錯，我的皮膚之所以會這麼黑，就是繼承了我父親的血統。」
「原來如此。不過，那把大劍還真是很有分量呢！」
坐在岩石上的牡丹輕飄飄地站了起來。
「害我覺得更好奇了。」
「好奇？」
「是的。那把大劍，可以借我欣賞一下嗎？」
「這把劍嗎？」源九郎伸手握住背上的劍。
「就是那把劍，可以借我看一下嗎？」
站起來的牡丹正在觀察源九郎的反應。
「哈哈哈！」
一抹笑意浮現在源九郎豐厚的唇畔。
「我明白了，你真正的目的其實也不是我嘛！」
「沒錯。」
「你的目的其實是這把大劍吧？」
「被你猜對了。」
「你還真是個誠實的人吶！」
「如何？可以借我欣賞一下嗎？」牡丹說道：「還是你不敢呢？」
「不敢？」

「你是不是在想，把那把大劍借給我之後，會不會直接被我搶走、不還你了？」
「咦？你打算這麼做嗎？」
「我打算怎麼做根本不重要吧！這裡就只有我們兩個人，如果你不想把那把劍交給我的話，盡全力把它從我手中搶回去不就得了？換個角度想，如果我無論如何都想要得到那把劍的話，也只要盡全力從你手中奪過來就行了。」
「……」
「只是那把劍現在剛好在你背上罷了。如果我們雙方都使出全力的話，那把劍現在還不知道是誰的呢！換句話說，誰比較強，誰就能把它帶走。」
「哦？」
「所以你不覺得，先把那把劍借我看一下，之後較量起來比較公平嗎？」
「沒問題，牡丹，我可以借你看，但我有一個條件，你要告訴我舞現在人在哪裡。」
「那個小姑娘現在就在這座山裡的某個地方，只要你把那把劍借我看一下，我就把她還給你，絕不食言。」
「我知道了。」源九郎慢條斯理地站了起來
為了跟牡丹之間保持適當的距離，源九郎一步、兩步、三步地往後退。
如果要把大劍從背上卸下來，就必須先解開把大劍吊在背上的皮帶才行。
當兩隻手都伸到背後的那一瞬間，牡丹會不會乘機對他發動攻勢還很難說。
只不過，在他把大劍卸下來的過程中，牡丹完全沒有任何反應。

不僅如此，牡丹還在源九郎把大劍卸下來之前主動往後退了幾步，似乎是為了要表示自己並沒有要偷襲源九郎的意思。

大劍終於被卸了下來。源九郎拿起大劍，往前走了幾步，把大劍放在旁邊的岩石上，然後又往後退。

接著換牡丹踏著飄然的步伐往前走去，一路走到放了大劍的岩石前面，在那裡停下腳步，拾起放在岩石上的大劍。

大劍出乎意料地沉。

「你居然能把這麼沉的東西背在背上……」牡丹發出讚嘆。

接下來，換牡丹開始往後退，他充分拉開自己和源九郎之間的距離後，才停下腳步。

牡丹以左手握住劍鞘、右手握住大劍的柄，把大劍舉到眼睛的高度。

「那我就不客氣囉……」

牡丹拔出大劍，冰冷散發出藍色光澤的金屬就這麼呈現在牡丹面前。

劍刃本身應該是不會發光的，此時卻有一股類似清晨冰冷霧氣的光芒，源源不絕地從劍身釋放出來。

牡丹再把劍刃拔出來一點。

「太完美了……」

牡丹的唇畔浮現出一抹笑意，眼睛裡閃爍著喜悅的光芒。

大劍緩緩出鞘，牡丹形狀優美的嘴唇兩端也勾勒出愈來愈大的弧度，燃燒在他眼裡的喜悅光芒也愈來愈強烈。

「哦……」

牡丹情不自禁地發出興奮的呼聲，劍已經完全被拔出來了。

「真厲害……」牡丹十分陶醉地喃喃自語著。

他用握著劍鞘的左手臂抱住劍身，將大劍擁入懷中，把臉頰貼到劍刃上。

這時，那把大劍裡釋放出來的光芒似乎更耀眼了。

牡丹伸出紅豔豔的舌尖，貼在那把大劍的劍刃上，無限愛憐地印上一吻。

牡丹的身體裡釋放出不可思議的氣場，那是絲毫沒有溫度的光芒，開始籠罩在牡丹的身體四周。

那股淡淡的光芒就像薄紗一樣，圍繞在牡丹的身體周圍。

「唔……」就連源九郎也看得見籠罩在牡丹四周的氣場光芒。

呵！呵！

牡丹發出神經質的笑聲。

他似乎高興得不得了……也開心得不得了……

笑聲一聲比一聲響亮。

「先是猶大的十字架，再加上……」

嘻！嘻！

這次是悶在嘴裡的笑聲。

「終於……」牡丹自言自語：「終於讓我得到這把王者之劍了……」

牡丹露出了雪白的牙齒。

「牡丹，」源九郎插話：「你剛剛說什麼？」

「你沒聽清楚嗎？」

牡丹在劍刃的陰影處窺探似的看著源九郎。

「我說我終於得到這把王者之劍了！」

「什麼?!」

「這把劍終於落入我的手中了……」

「等一下！牡丹，我可沒有答應要把那把劍給你喔！」

「太遲了……」牡丹說道。

「你說什麼?!」

就在源九郎反問的同時，牡丹的身體開始出現奇妙的變化。

牡丹的身高慢慢增加了，他愈來愈高……愈來愈高……

不對，不是這樣的，不是牡丹變高，而是他身體開始浮向半空了。

「怎麼可能……」

源九郎發出驚嘆，因為牡丹的身體如今已確確實實浮在半空中。

「慢著！」

源九郎拔出腰間的大刀，迅速砍了過去。

牡丹的身體繼續在那道光芒中輕飄飄地往上浮起。

「什麼?!」源九郎把刀往斜上方一揮。

鏗鏘!空氣中響起一道尖銳的金屬撞擊聲,原來是牡丹以大劍接下了源九郎揮來的那一劍。

有樣東西輕飄飄地從空中飄落,是一片繡有牡丹花紋的紅色衣袖。

原來是牡丹身上穿的小袖的左邊袖子被源九郎割下。

牡丹抓住這個機會,讓身體在半空中愈騰愈高,還發出高亢的笑聲。

已經到達刀劍無法觸及的高度了。

「喔……」耳邊傳來牡丹的聲音。

「真不愧是『土星隕石』製成的『猶大的十字架』和『王者之劍』,原來結合兩者的力量,身體就可以變得這麼輕啊……」

那是充滿了喜悅的聲音。

牡丹的身體繼續往森林的高空中移動。

源九郎在底下死命地追趕。

「不要再做無謂的掙扎了,不了解這把大劍的威力,是你自己不好……」牡丹對仍在底下苦苦追趕的源九郎喊話:「放心吧!我會遵照我們的約定,把那個名叫舞的姑娘帶到市集裡,還她自由的……」

牡丹的身體繼續浮上更高的空中。

源九郎停下追逐牡丹的腳步,因為在源九郎停下腳步的前方,是一座垂直下探、深不見底的懸崖峭壁。

沒有辦法再追下去了。

另一方面，牡丹的身體已經飄浮到那座山谷的高空中，在微風與光芒的包覆下，牡丹抱著大劍的身影漸行漸遠。

「被他甩掉了嗎？」源九郎豐厚的嘴唇往上微微翻起，露出咬牙切齒的樣子。

2

以藏一個人走在入秋的中仙道上。

紀伊山上雖然已是深秋，但是在中仙道上的村落裡，秋天的腳步才剛剛降臨。

紅蜻蜓一群一群地飛舞在風中，晴朗的天空澄淨得望不見一片雲。

以藏一個人，踽踽獨行。

海野六郎打從昨夜就不見蹤影了。

「老大……」

在他消失蹤影之前，在旅店裡向以藏交代過一些事情。

當時正是夜深人靜的時候，其他人早已睡得東倒西歪，就連以藏也已經一腳踩進夢境的入口。

此時，六郎卻搖醒了他。

「什麼事？」

「我還是得出去一趟。」六郎說道。
「你要去哪裡？」
「去我以前的同伴那裡。」六郎壓低聲音，附在以藏的耳邊說道。
「同伴？」
「我本來還以為，自己已經跟過去一刀兩斷了……但是現在似乎由不得我。」
「為什麼？」
「老大啊……你不覺得在這條中仙道上，發生太多莫名其妙的事了嗎？」
「我聽說了，一下是鬼、一下是從天而降的天空船、一下是長出狗頭的人類、一下是插著珊瑚髮簪的彪形大漢，一下子又是在赤坂村郊外的神社裡發生的殺人事件……全都是一些平常不太會發生的事呢！就連那個武藏，聽說也來到中仙道了。」
「對呀！」六郎點頭稱是。
「所以你才要去找你以前的同伴嗎？」
「沒錯。」
「可是，你以前的同伴，不就是真田的……」
「真田的忍者。」
「聯絡得上嗎？」
「聯絡得上，無論是在哪一條街上，我們都有可以取得聯繫的地方。」
「哦？」

「可能是有人住在那裡，也可能是把紙條事先放在某座寺廟的某一片屋瓦下……今天我試著調查了一下，發現這個聯絡網還在運作。」

「自大坂夏之陣以來，都已經過二十三年了。」

「那是因為真田一族沒有跟著豐臣家一起滅亡，目前跟在德川身邊的信之大人還在守護真田家。」

「可是六郎啊……你現在說的事情，跟信之並沒有關係吧？」

「真田的忍者是主動聚集在幸村大人麾下的忍者集團，就和伊賀或甲賀的忍者一樣，並不會特別受到哪一個流派的束縛。」六郎解釋道。

「那群真田的忍者還在活動，也就表示……」

「也就表示在已經過了二十三年的今天，大坂夏之陣還沒有結束。」

「咗！六郎啊！那是亡靈才對！大坂夏之陣早就已經結束了。事到如今，就算真田的亡靈依舊在中仙道這個地方徘徊，對德川的天下也已經沒有半點影響了。」

聽完以藏這席話，六郎忍不住失笑。

「你笑什麼？六郎。」

「因為看到那艘鬼船的時候，老大自己說：如果有十艘這種船的話，就可以顛覆德川的天下了。」

「這倒是。」

「所以就算是亡靈想要顛覆這個天下，也不見得完全是癡人說夢話喔！」

「是嗎？」以藏露出意外認真的表情。
「我是開玩笑的啦！老大，你可別當真啊！」
「是喔。」
「總而言之，我先去打探一下情況。如果真田真的開始行動的話，應該會蒐集到和最近這些事有關的許多情報。連那個黑鐵鬼也能更加了解也說不定呢！」
「你是說你現在就要去了嗎？」
「是的，所以老大你就先沿著中仙道走，明天太陽下山之前我就會追上你的。」
「那個身穿黑色小袖的男人，你打算怎麼處理？」
「不管他，反正那個男人跟我們走同一個方向，在我回來之前，還是不要輕舉妄動得好。」
「了解。」
「那我走囉！」六郎丟下這句話，便離開了旅店。
事情就是這樣，所以以藏現在才會一個人在中仙道上踽踽獨行。
以藏一面走，一面在意著一號人物。
那就是走在他前方，身穿黑色小袖的男人。
男人背上揹著原本應該屬於工藤新八郎、名喚備前長光的長劍，身穿黑色小袖、黑色的半袴……
今天早上他離開旅店的時候，曾經在路旁的茶寮裡見過這個男人。
雖然只有短短的幾眼，但當時的情景依舊令以藏記憶猶新。

男人的皮膚十分蒼白，沒有半點血色，就跟死人的膚色沒兩樣。

那一瞬間，他甚至在那個男人身上聞到了屍臭。

瀰漫在那個男人身體四周的氣帶有一種奇妙的磁場——

看在以藏的眼中，就跟屍臭沒兩樣。

就連現在這樣走在他後面，似乎都會感覺到空氣中瀰漫著那股屍臭味。

男人的頭髮很長，在後腦勺紮成一束，腰間佩著一把短刀。

如果這個身穿黑色小袖的男人手裡的長劍就是工藤的劍——備前長光的話，那麼這個男人就是把他們的世外桃源搞成人間煉獄的人吧！

包括工藤在內，所有的同伴都在靠近小邊路的山寨周圍遭到殘殺，無一倖免，而且致命傷全都是刀傷。

肯定就是這個身穿黑色小袖的男人幹的，就算真的不是他幹的，他也肯定知道一些內情。

自從早上和這個男人打過照面之後，以藏就一直尾隨在他後頭。

說是尾隨，但其實也沒有什麼尾隨不尾隨的，因為他們要去的方向本來就一樣，只是以藏的確是以尾隨的心態跟在他後面。

秋天的中仙道，時間已經是午後了。

以藏一面往前走，一面望著那個男人的背影，心頭湧上一股無法按捺的憎恨。

如果這個男人真是殺害自己同伴的兇手……絕對不能原諒他！

其他的同伴也都被黑鐵鬼殺了，所以山上的夥伴們現在就只剩下六郎和自己活著。

有好幾次，他都想要叫住那個身穿黑色小袖的男人，問他究竟是何方神聖。
只不過，六郎叮嚀過他，要先觀察對方動靜一陣子再作打算，還有，在他回去之前，先不要輕舉妄動。
六郎說得有道理，等他見過真田的夥伴，問清楚如今在這條中仙道上究竟發生了什麼事，之後再作打算也不遲。別說遲不遲的了，那樣才是正確的作法。
問題是，再怎麼正確也都只是理論。
但人類從來不是會乖乖照理論行動的生物，因為感情可不吃理論這套。不管理論再怎麼正確，感情說不聽就是不聽。
以藏壓抑著心中的怒火繼續往前走。
離村子愈來愈遠了，眼前出現一條翻過低矮小山的山路，那是從山頂往左手邊方向曲折延伸，穿過秋草的路。
這小徑沿著分水嶺往前延展，腳邊是一片狗尾草，再過去會接到杉林。
狗尾草所構成的原野上，到處生長著松樹。
就在他們經過那條小徑的時候，身穿黑色小袖的男人突然往左邊一閃，進入了那條小徑。
什麼?!
以藏差點就要停下腳步。
跑到哪裡去了呢？
身穿黑色小袖的男人乘以藏一不留神的時候，撥開狗尾草，鑽進草叢裡，所以當以藏通過那條小徑的入口時，已經看不見他的身影了。

以藏在入口處停下腳步。

要繼續跟蹤呢？還是直接往前走呢？或者是乾脆停下來等六郎呢？

當然，那個男人也可能只是剛好尿急或想大便，所以暫時鑽進草叢裡解放，當然也有可能不是……以藏無從揣測對方的心思。

如果只是為了要小便，應該不需要鑽到那麼深的地方，從他鑽進去的方式來看，也不像是急著想要解放的樣子。

六郎並沒有告訴他遇到這種情況該怎麼辦，再這樣下去的話，很可能會跟丟那個身穿黑色小袖的男人。

以藏只猶豫了一下子，便撥開草叢，跟隨那個已經不見蹤影的男人鑽進小徑裡。

沒多久，長滿雜草的小徑就變成長滿狗尾草的小徑，前後左右都是長得比人還高的狗尾草。

再過去有一棵松樹，小徑似乎一直往那個方向延伸。

就在他走近那棵松樹的時候——

在前方的狗尾草叢中，突然有一道黑幽幽的人影站了起來。

原來是那個身穿黑色小袖的男人！

瞧他站立的姿勢，並不像是剛拉完屎的樣子。他顯然是在等以藏。

男人以死氣濃厚的雙眼直盯著以藏，眼神裡讀不出一絲一毫的情緒，只是無言地凝視著以藏。

「你、你、你想幹嘛？」

先聲奪人的果然還是以藏。

不過，身穿黑色小袖的男人始終無語，他只用他那雙死魚眼上下打量著以藏。

「你到底想怎樣？」以藏說道。

「你為什麼要跟著我？」

身穿黑色小袖的男人以沒有抑揚頓挫、不帶感情的語氣如此說道。

乍聽之下會覺得只有字面上的意思傳達過來，但那語氣其實還蘊含著令人毛骨悚然的某種成分。

「我、我想大便！我是來大便的，怎麼會知道你也在這裡。」

身穿黑色小袖的男人無視以藏的說辭，接著說：「從今天早上就開始了。你的腳程跟我的腳程一模一樣，所以我馬上就知道你是在跟蹤我。我之所以鑽進草叢裡，也是為了要把你引過來。」身穿黑色小袖的男人說話的語氣依舊沒有半點高低起伏。

「說，你為什麼要跟著我？」

「我、我我我……」以藏放聲大叫。

因為不知道到底是要裝傻，還是直接反問對方的來歷，以藏就發出了鳥叫般的聲音。

真是個老實的男人。

「我才有話想要問你呢！」以藏說道。

話一出口，他的心反而定了下來，剛剛因為不知道該怎麼辦，所以才會慌亂。

事情既然都演變成這樣了，乾脆把這個男人的來歷給問個清楚。

還是免不了一場硬仗，可能會因此送命也說不定……以藏已經作好了這樣的心理準備。畢竟過去在戰場上，他也走過許多次鬼門關了。

「你到底是什麼人？」

「不知道。」身穿黑色小袖的男人回答：「雖然不知道，但是前一陣子有人叫我巖流佐佐木小次郎，所以那應該是我的名字吧……」

「你是小次郎?!」

這個名字，以藏當然知道，光是從工藤新八郎口中就不知聽過多少次了。工藤總是不厭其煩地告訴以藏和其他同伴，說他手中那把劍之前的主人就是佐佐木小次郎。

「你說你是小次郎？可是小次郎早在多年以前……」

「就已經死了是嗎？」

「原來你早就知道了啊！」

「有人告訴我的。」

「所以你到底是誰？」

「不知道。」男人還是重複著同樣的答案。

「聽好囉！你手上那把劍叫作——」

「備前長光……」

「連這個你也知道啊？」

「我知道。」

「你把這把劍的主人怎麼樣了？」

「我把他殺了。」

「你說什麼?!」

「我還把他的頭給砍下來了。」

「原、原、原來就是你這個王八蛋殺了我的夥伴……」

「夥伴？」

「小邊路上的那群人都是我的夥伴。」

「你是那群人的夥伴嗎？」

「是又怎麼樣？」

在以藏回答的同時，身穿黑色小袖的小次郎，把手放在身後的備前長光上，俐落地抽出了備前長光優美修長的刀身。

3

「既然你跟山賊是一夥的，在這裡被我殺死也無話可說吧？」小次郎用薄薄的嘴唇吐出這句話。

「誰、誰怕誰？王八蛋！」以藏也想把手伸到腰間的劍上，實際上卻動彈不得。

因為他知道，在這個距離下，就算他把手伸到劍上，小次郎出招肯定也比他拔劍的速度還要快。對方一定可以把他想砍的身體部位砍下來，不管那是自己的人頭，還是什麼。

以藏畢竟也仗劍踏遍無數次生死交關的關頭了，對手會怎麼出招，他還是判斷得出來的。

雖然不知道對方瞄準的是自己的頭、手還是肩膀，但是對方接下來揮出的劍到底是虛張聲勢？還是真要置人於死地？這點判斷能力他還是有的。

以藏不動聲色地往後退了半步，小次郎也跟著往前跨出半步。以同樣的距離。

會死嗎？以藏的腦子裡，第一次有了死的念頭。

迫不得已，以藏只好喊出：「等、等一下！」

總而言之，此刻他只能盡量爭取時間。

爭取時間，尋找對方的破綻，只要一有機會，就抓住那個破綻猛攻。

看是要握住一把沙子扔向對方的眼睛，還是要拔腿就跑。

不過，在那之前一定要先找出對方的破綻。為了找出對方的破綻，先說點什麼話吧，說對方可能會感興趣的話題。

「如果你就是小次郎的話，應該早在慶長十七年，也就是二十六年前，就在舟島被宮本武藏殺死了呀！」

以藏的話還沒有說完，正要往前進的小次郎就突然停下了腳步。

「你說什麼?!」

小次郎高高舉起備前長光，發出咻的聲音。

他回想了一下，發現自己就是拿這把備前長光跟武藏決鬥，然後敗下陣來的。

「你對武藏這個名字有印象嗎？」以藏問道。

「有。」

「除此之外呢？」

「沒有了。」

小次郎慢條斯理地把備前長光愈舉愈高，以藏的額頭上冒出了一粒粒的汗珠。

他拚命忍住大喊一聲「哇」、轉身逃跑的衝動。

要是那麼做的話，一轉身，那把備前長光恐怕就會劈進自己的腦門，送往自己的肩膀。

「我只記得兩件事，一是武藏的名字，一是要親手讓武藏死於我的劍下，因此我需要一把長劍……」

小次郎又把劍往上舉高了一點。

「就在我四處尋找長劍的時候，聽說有個出沒在小邊路的山賊擁有一把這樣的劍，所以我才會去小邊路取這把劍。」小次郎的劍高高停在半空中。

「那你知道武藏現在人在什麼地方嗎？」

「我聽說宮本武藏在中仙道的赤坂村裡殺了人，所以我現在正往赤坂的方向趕去……」

小次郎說到這裡的時候，小次郎和以藏之間的狗尾草叢裡突然發出「砰」的一聲，濃煙隨即爆炸似的擴散開來。

小次郎和以藏各自往後方的狗尾草叢中跳開。

以藏終於乘機拔出了繫在腰間的劍。

「不要輕舉妄動，老大。」耳邊傳來六郎的聲音，仔細一看，六郎就站在旁邊的松樹下。

「你也是山賊的同伴嗎？」小次郎問道。

「是啊！你們剛才的對話我都聽見了。小次郎大人，可不可以請你先把劍收起來呢？」

「憑什麼？」

「因為如果要打的話，你可是得一個人同時對付我們兩個喔！」

「那又怎樣？」

「請容我再說一句，就算你打贏我們好了，如果我們死在你的劍下，你就再也無法得知武藏在什麼地方了。」

「你知道武藏在什麼地方嗎？」

「知道啊！」

「他不在赤坂村嗎？」

「你覺得武藏會一直待在同一個地方等你去找他嗎？」

「那他現在人在哪裡？」

「我會告訴你的，所以可以把劍收起來了嗎？」

「嗯……」小次郎沉吟了半晌。

「好吧！」

小次郎說完，乾脆地把備前長光收回劍鞘裡。

「不可以冒然出手喔！老大，小次郎的劍要比你快多了……」

哼……以藏不甘心地發出悶哼，雖然不甘心，但他也知道六郎說的是事實。

就算他大步一跨，當真揮劍砍過去，自己也會在小次郎拔劍的瞬間身首異處。

「我知道了啦！」以藏說完，把好不容易才拔出來的劍又收回劍鞘裡。

「武藏在什麼地方？」小次郎問道。

「在飛驒……」六郎簡短地回答。

第五章　混戰

1

源九郎啜飲著小溪裡的水。

這條小溪位在從街道轉進森林裡一小段路的地方，只要沿著這條小溪往下走，就能接到街道上。

雖說是街道，其實也只是一條狹窄的山路。

牡丹說他會在那條山路上釋放舞。

問題是，他會把舞放在山路上的哪裡？

如果是自己和才藏，或者是真田那夥人先找到舞的話倒還好，萬一事情沒有這麼順利，舞的安全就堪慮了。

要是被土蜘蛛那幫人先找到，那舞萬萬沒有活命的機會。

這時候要是才藏或申在就好了，那麼他們還可以兵分兩路，往不同的方向去找，但當下只有自己一個人，實在是不知道該怎麼辦才好。

更何況，他現在還是官差追捕的對象。

話說回來……那個牡丹為什麼不擇手段也要得到他的大劍呢？

牡丹問他知不知道那把大劍的祕密。

祕密？那把大劍有什麼祕密嗎？

他只知道那把大劍原本是古代「馬其頓王國」的國王所擁有的劍，後來由耶穌教的范禮安帶進日本，難道除此之外還有其他的祕密嗎？

父親彌助將那把劍傳給自己的時候，只交代他要好好愛惜，並沒有特別提到那把劍有什麼祕密。

可是，當牡丹得到那把大劍的時候，身體的確輕飄飄地浮上半空了。

那是這把大劍帶給他的力量嗎？

還是牡丹原本就有的能力呢？

不僅如此，牡丹還提到「猶大的十字架」，難道「猶大的十字架」和「大劍」合起來就會產生這樣的特殊能力嗎？

「不知道……」源九郎喃喃自問自答。

自己拿著那把大劍的時候有什麼特別的感覺嗎？這點他倒是很清楚。

因為那把大劍早就等於是他身體的一部分了。

只要握住那把大劍，拔劍出鞘，就會有一股力量源源不絕地從他身體最深處湧上來。

那並不是他的錯覺。

只要一面讓手臂感受那把劍的重量，一面讓心靈沉澱下來，無論敵人的氣息、動作或呼吸再怎麼細微，他都可以感覺得出來。

只要有了那把劍，無論對手是何方神聖，他都不覺得自己會輸。

源九郎認為，那是因為自己和那把大劍的磁場十分契合的緣故。

說穿了，人類和物品的關係，其實也就是這麼一回事。

只要使用的東西與自己的磁場相近，那個東西就可以從使用的人身上挖掘出就連當事人也想像不到的力量，這是常有的事。

源九郎原本以為自己和那把大劍之間的關係也是這麼一回事。

然而，那把大劍似乎還藏著他不知道的某種祕密。

事到如今，也只能想辦法證實了。

為了證實，就必須先將那把大劍從牡丹手中奪回來才行。

源九郎決定走回街道上。

他沿著森林裡的潺湲小溪往下走，穿過巨大杉木樹根的陰影處，回到街道上。

才一穿出去，源九郎就正面迎上一個男人，那是一個作旅行打扮的武士，身材十分高大。

雖然沒有源九郎那麼高，但是至少也有六尺多吧！

除了身材高大之外，就連「把恣意生長的亂髮隨意地在後腦勺紮成一束」這點也和源九郎如出一轍。

男人身上微微散發出一股宛如魚內臟腐爛掉的臭味。

源九郎走出森林的時候，這名武士正要從美濃往飛驒的方向前進。他看到源九郎之後，當場停下腳步。

源九郎也同時停下腳步，迎上那名武士的視線，炯炯有神的目光，從正面打量著源九郎。眼神裡蘊藏著非常強大的能量，雖然不帶殺氣，但是難保下一秒鐘不會馬上變成殺氣。

此人正是宮本武藏。只不過，源九郎並不知道那名武士就是武藏。

因為武藏當時穿的衣服跟他剛進入這條飛驒道時穿的衣服並不是同一件。

他把自己原本身上穿的衣服交給才藏，並換上了才藏事先準備好的衣服。

儘管如此，那股已然滲進身體裡的魚腥味，還是從武藏身上飄散開來。

「等你好久了。」武藏說道。

「你在等我？」源九郎不動聲色地回答。

兩人之間距離五步，面對這個渾身籠罩在異樣氣場下的武士，這樣的距離到底是安全還是不安全？源九郎自己也不知道。

除了魚腥味之外，這名武士身上似乎還散發出一股近似動物的氣味。從年紀來看，大約五十過半了吧！

「沒錯。」武藏點了點頭說道：「我想請問一下關於閣下揣在懷裡的東西。」

「懷裡的東西？」源九郎看了一眼自己的懷裡，發現有塊紅色的布從自己懷裡露出了一小角。

牡丹圖案的布……那是不久之前，才剛從牡丹的袖子上割下來的。

源九郎原本把它塞在懷裡，可能是剛才喝水的時候不小心露出來了。

話說回來，源九郎身上那件衣服的口袋原本就不深。
「這個嗎？」
「看起來像是從繡有牡丹圖案的小袖上割下來的。」武藏說道。
突然間，武藏體內盈滿一股令人忍不住想後退的氣場。
「被你猜對了。」源九郎回答。
附近沒有半點人煙，在狹窄的山路上，只有源九郎和武藏面對面，大眼瞪小眼。
陽光從頭上的枝葉縫隙間稀稀落落地灑下。
「閣下跟穿著這件小袖的男人是什麼關係？」
「你問這個要做什麼？」
源九郎輕輕把雙腳打開，正面迎向這名武士。
「我正在尋找那個男人的下落。」
「哦？」
「如果閣下知道他的下落，可以告訴我嗎？」
「我不知道。」源九郎說的當然是實情。
只不過，就算他知道牡丹的下落好了，在搞清楚這名武士到底是何方神聖之前，他也不會說。
因為牡丹在哪裡，舞就在哪裡。
在搞清楚這名武士對舞有沒有威脅之前，他不可能隨便透露任何事。

「那麼可以告訴我，閣下懷裡為什麼會有那塊布嗎？」

「真是令人不愉快啊！」源九郎說道：「在問別人問題之前，你是不是應該要先交代一下你為什麼要找穿著這種小袖的人？」

「不能說。」

當然了，武藏才不會告訴他，雖然很直接，但這也是事實。

武藏原本就不是個會兜圈子的人。

「那我也不能告訴你。」源九郎說道，他說的當然也是事實。

只是這麼一來——

「哦……」武藏瞇起眼睛。「不能說的意思，是指閣下其實知道一些應該說的事囉？」

武士看起來雖然文風不動，但是感覺上卻好像往前逼近了一步。

因為蓄積在武士體內的氣場變得更強大了。

源九郎這才明白，那股氣只是這名武士所擁有的氣場的極小部分罷了。

那就像是巨大熔爐上的小小縫隙裡飄出來一小部分的熱氣。

光靠這麼一小部分的熱氣，就可以判斷在那背後蘊藏著多大的能量。

源九郎在心裡發出讚嘆。

直到這個時候，源九郎終於明白自己遇上了一個多麼厲害的對手。

只不過……

即使到了這個時候，源九郎心裡感受到的依舊不是害怕，而是好奇心——他還是覺得事情很有趣。

這個男人，到底有多厲害呢？

源九郎想見識一下，只露出一小部分的熔爐到底有什麼樣的全貌。

這個男人體內的氣一旦全部釋放的話，又會產生多大的威力呢？

「我也想知道呢！」

「知道什麼？」

「你為什麼要找身穿這種小袖的男人？」

「嗯……」

從武藏身上傳來的氣場溫度似乎又提高了幾度。

還有嗎？

這個男人體內還蘊藏著更強大的氣場嗎？

「雖然閣下似乎有難言之隱，但是我也有必須問個水落石出的苦衷呢！」武藏說道。

「如果我不說，你就要動手嗎？」

「閣下希望我這麼做嗎？」武藏說道。

「真是有意思……」

「什麼東西真有意思？」

「我很好奇你一旦使出全力，會有多大的威力？」

就在源九郎說出這句話的瞬間。

那名武士身上釋放出來的氣息倏地全都消失了，簡直像是騙人的戲法。

「哦……」源九郎發出了饒富興味的沉吟。

兩人似乎完全沒有保持安全距離了。

不管在哪個瞬間、從哪個角度，這名武士的劍都很有可能會刺穿自己的身體。

「真的很有意思耶，你這個人。」

源九郎豐厚的嘴唇往上勾勒出一道微笑的曲線。

這次換源九郎的體內開始釋放出源源不絕的精氣，彷彿連大地擁有的力量都被吸進源九郎的身體裡，連他腳下地面似乎也跟著震動了起來。

那股精氣還在不斷向外膨脹，感覺像取之不盡、用之不竭似的。

幾乎可以跟武藏剛才露的那一手分庭抗禮。

換作是一般的對手，或許根本看不見從源九郎的肉體裡滿溢而出的精氣。

就算看得見好了，如果對手只是個小嘍囉，光是接觸到源九郎的這股精氣，就會先嚇得萎靡不振吧？

目前從源九郎體內釋放出來的精氣就是這麼驚人。

光是輕輕掠過臉龐，感覺起來就像熱風迎面襲來，讓人不由自主地想要驚聲尖叫，往後跳開。

只不過，武藏依舊文風不動，他靜靜站在原地，彷彿享受著迎面而來的微風。

「呵呵呵……」源九郎小聲笑了起來。

「既然你不動的話，就由我來幫你動吧……」
源九郎稍微把重心放低一點，深深吸了一口氣，慢條斯理地舉起右手。
「哈！」在他把抬起來的腳往下踩的同時，源九郎的全身釋出一股氣，往那名武士的方向衝撞過去。
那股氣夾帶著壓倒性的力量，往武藏的正面襲來。看在對方眼裡，就像是一座巨大的山往自己撞過來一樣！
「哼！」武藏拔劍出鞘，面對迎面而來的氣，垂直劃下一刀。
源九郎釋放出來的精氣被武藏的劍切成碎片，往四周散開了。
釋放出那股氣的源九郎固然厲害，選擇正面迎戰、只揮一劍就使其煙消雲散的武藏也不是省油的燈。
武藏發出的劍氣不但撕裂了源九郎釋放的精氣，還筆直往源九郎的方向砍將過去。
「喝！」
源九郎也立刻拔劍出鞘，將那股肉眼看不見的劍氣輕輕往上撥開。
接下來，是一場幾乎要在空氣裡烙下焦痕的劍氣攻防戰。
一般人就算站在旁邊觀戰，可能也看不出這兩個人之間到底發生了什麼事。
「嘿！」
「哈！」
武藏和源九郎都沒有把劍收回去，持續對峙著。

「你居然能讓我拔劍……」武藏說道。
「你不也是嗎？」源九郎回應。
「真傷腦筋呢！」兩個人異口同聲講出同樣的話。
「如果不是有要事在身，我還真想跟閣下比試比試呢。」
「我也一樣。」源九郎是這麼回答的。
武藏把劍舉了起來，源九郎的劍也不甘示弱地往上高舉。
武藏的劍就停在源九郎的眼睛正前方，源九郎的劍還繼續上舉，在高過頭的位置靜止不動。
源九郎的劍雖然試圖從上方施加壓力，但是武藏就像一塊巨大的岩石似的，原封不動地把那股壓力如數奉還。
「你是玩真的嗎？」武藏說道。
「你不也是玩真的嗎？」源九郎回敬。
彼此都在試探對方是不是來真的。
「再這樣下去的話，真的會砍起來喔！」
「好像會呢！」
兩人的劍也同樣在半空中蠢動著，似乎在互探對方底細，雙方好像都沒有要主動出擊的意思。
彼此都在觀察對方的反應，打算視對方的反應採取行動。兩人之間充滿了就算想要收手也沒辦法收手的緊張感。

已經不是哪一方先開始挑釁的問題了。

這樣做對嗎？源九郎的腦子裡雖然掠過這樣的問號，但如果太認真思考這個問題的話，眼前這個武士一劍砍過來的時候，自己便會無法招架。

武藏也有同樣的掙扎。

橫亙在武藏和源九郎之間的空氣彷彿帶著電流般，劈啪作響。

只要稍加刺激，場面就會變得無法收拾吧。

就在這個時候——

「你們兩個都給我住手！」

耳邊傳來一個聲音，打破了兩人之間的緊張感。

「嘿欸欸欸！」

「哈啊啊啊！」兩把劍同時劃破長空。

鏗鏘！兩人的劍在空氣中撞擊，發出尖銳的聲響。

源九郎的劍承受了武藏傳說中可以徒手握碎青竹的臂力。

武藏的劍也承受了源九郎那龐大身軀砍下來的、足以震碎岩石的怪力。

若在一般情況下，武藏的左手這時早已離開劍柄，讓右手握劍，然後用左手拔出小刀，一刀切開對方的身體。

可惜，源九郎的臂力並不尋常，所以武藏無法這麼做，兩把劍繼續對峙著。

「哼！」

「呿！」
兩個人怒視著對方。
「還不快點住手，武藏大人、源九郎大人！」
那個聲音也還在大喊。
那是武藏和源九郎都聽過的聲音，只不過，誰也不肯把視線移向聲音的來處。
「我是才藏。」那個聲音說道。
才藏啊……源九郎和武藏兩人使在劍上的力道都同時微微收斂了一點。
雙方皆不約而同地將力道一點一滴、一點一滴地收回，這和剛剛的情況正好相反。
只不過，兩個人手裡的劍都還互不相讓地抵在對方的劍身上。
「哇，真是太燙了！我才碰一下，手就快要燒起來了。」
故作詼諧的語氣裡帶有幾分插科打諢的戲謔。
才藏一面小心翼翼地把兩人的劍分開，一面笑嘻嘻地注視著這兩個人的表情。
就在兩把劍完全分開的時候——
「呼……」
才藏這才把手從兩個人的劍上移開，擦去額頭上冒出來的汗珠。
「呼……真是害我捏了一把冷汗，我還以為自己會被你們其中一個人殺掉呢……」
才藏說得一點都沒錯，萬一他勸架的方式太拙劣，很可能會無端捲入他們的紛爭，白白送上一條命。

此時，始終緊握著劍的源九郎和武藏終於不約而同地吐出一大口氣。

「你就是武藏嗎？」源九郎問道。

如果是武藏的話，會有這種劍氣和氣魄也就不足為奇，因為他真的很強……

「沒想到在這種荒郊野外，居然也有像你這麼厲害的男人。」武藏也喃喃自語地說道。

「你們兩個可以不要這樣嚇我嗎？不過這麼一來，我倒覺得有點可惜呢。」才藏一下看看武藏，一下看看源九郎，然後說：「老實說，我剛才其實有點想看源九郎大人和武藏大人分出勝負。」

才藏的語氣聽起來似乎不完全是在開玩笑。

就在這個時候——從上方的森林中傳來一個聲音。

遙遠、幾不可聞的……像是有什麼東西爆炸的聲音。

2

牡丹站在森林中，唇畔浮現出一朵妖豔的微笑。

兩隻手臂裡抱著不久之前還屬於源九郎的大劍。

輕輕屈膝一跳，牡丹的身體就輕飄飄地浮上半空了。

「原來還可以這樣啊……」

牡丹的身體靜止在半空中，他在半空中拔出那把大劍，集中精神。

在不遠處的半空中，有根山毛櫸的樹枝正在迎風搖曳著。

牡丹的視線停在那根樹枝上，盯著那根樹枝看了好一會兒，然後直接把大劍高舉過頭……

「喝！」把劍往下一砍。

明明連碰都沒有碰到，但樹枝卻像是被看不見的利刃斬斷似的，應聲落地。

斷掉的缺口看起來真的就像是被利刃斬斷一樣。

「原來還可以這樣啊……」牡丹的朱唇輕啟，吐出了這句話。

「可惜，用意志把樹枝切斷得花上一點時間呢……」

牡丹說完這句話，往下方俯瞰。

剛才被削落到地面上的樹枝居然又慢條斯理地浮了起來，一路上升到原來的高度，再升高到牡丹眼前的位置。

「原來還可以這樣啊……」

牡丹的身體慢慢往地面降落，站在森林裡的草地上。

剛才飄浮在半空中的樹枝也跟著掉了下來，大劍劍光一閃，那根樹枝就被切成了兩段。

動作優雅而華麗。

乍看之下，會覺得是大劍擁有自己的意識，是它自己要砍向那根樹枝的。

牡丹正想把大劍收回劍鞘的時候，突然察覺到旁人的氣息，他把視線往左一掃。

有道漆黑的人影站在一棵山毛櫸的樹根上。

不對，那並不是人影，雖然很像人，但並不是人，是黑鐵鬼……

對方的蒼蠅眼直盯著牡丹看，牡丹的眼神裡瞬間閃過一抹驚愕的神色。

「你就是那個衣袖上繡有牡丹圖案的男人？」那個黑鐵鬼開口說話了。
他的聲音聽起來並不像是出自於嘴巴，而是從他背在背上的箱子裡發出來的。
「我看到你在天上飛……所以就跟到這裡來了……」
黑鐵鬼的臉上沒有一絲表情，完全猜不透他在想什麼，散發出來的氣也跟人類大不相同。
「跟你在一起的女人現在在哪裡？」
聽黑鐵鬼說到這裡，牡丹總算恍然大悟了。
就是這傢伙……這傢伙就是舞口中的，不存在於這個世界上的敵人。
「不能告訴你呢！」牡丹說道。
他答應過源九郎，要讓舞活著回去，他不想破壞自己做過的約定。
舞正在這附近森林裡某棵山毛櫸的樹洞裡熟睡著，只有自己能讓她醒來。
黑鐵鬼用雙手捧著一把類似鐵砲的東西，突然把槍口對準了牡丹。
槍口噴出一道短短的紅色火焰，某種東西伴隨著撕裂空氣的尖銳聲響飛了出來。
牡丹往旁邊一跳逃開，那東西穿過牡丹前一秒還在的空間，射進後方的山毛櫸樹幹裡。
一、兩秒鐘過後——
「砰」的一聲巨響傳來，山毛櫸的樹幹應聲爆裂，一寸一寸往前傾倒。
當山毛櫸的樹幹傾倒在地上時，發出了天搖地動的巨響。
那是什麼武器？
牡丹從來沒有見過這樣的武器。

「我是故意打偏的……」黑鐵鬼以無機的聲音說道：「你再不說的話，這次就真的會打中了……」

黑鐵鬼的臉上沒有半點表情，根本無法判斷他說的話到底是真是假。

「你是當真想與我為敵嗎？」牡丹輕聲細語地問道，嘴唇的兩端往左右兩邊高高抬起。

他雙眼瞪視著黑鐵鬼，紅唇裡輕聲流洩出異國的咒語。只見大劍發出「咻」的一聲，在空中閃出一道劍光。

「唰！」黑鐵鬼握在手中的槍身被斜斜往上挑開，手臂上還留下一道淺淺的傷痕，深度還不足以把整隻手臂砍下來。

但黑鐵鬼似乎對手臂上的傷痕不以為意，默默重新把槍口對準牡丹。

「哼！」

牡丹馬上躲到背後的山毛櫸後，而黑鐵鬼的槍口裡發射出來的東西也同時射進那棵山毛櫸的樹幹裡。

樹幹爆炸了！爆炸之後，樹幹搖搖晃晃地倒了下來。

那棵山毛櫸倒下來的時候，牡丹的身影也從樹幹背後消失了。

這時，牡丹的身影已經高高騰在半空中。原來，他一躲到樹後方就繞到黑鐵鬼看不見的死角，沿著樹幹往上升起。

黑鐵鬼抬頭往上看，這時，牡丹已經升高到森林的上空。

「就算你不是人類，也不是我牡丹的對手……」牡丹輕聲細語地說，嘴唇卻突然僵住了。

因為那個黑鐵鬼居然也同樣飄浮在自己眼前的空間。半空中懸浮著金屬構成、怎麼看都像是蓮花的物體。

黑鐵鬼就站在那朵金屬蓮花上，他的槍口依舊瞄準自己的方向。

「可惡！」

牡丹下意識用大劍護住自己的胸前。

撕裂大氣的聲音響起，某種堅固的東西撞擊在大劍的劍身上，發出了尖銳的金屬撞擊聲。

子彈被彈往上方，在上空爆炸。

「咕！」牡丹緊咬著下唇。

太大意了！

大劍受到黑鐵鬼射出的子彈打在劍身上的衝擊，牡丹不小心讓它從手中飛了出去，在陽光下劃出一道閃亮的弧線，掉落在森林裡，只留下握在左手的劍鞘。

牡丹把意念集中在大劍上時，大劍掉落的速度確實在一瞬間慢了下來，但是馬上又恢復成原來的重力加速度。

牡丹沒辦法一直把意念集中在大劍上，因為黑鐵鬼的槍口又對準自己了。

牡丹在那一瞬間往下降！子彈驚險地掠過他頭髮的上方，往森林的方向落下。

牡丹身體落下的速度在進入森林裡的時候突然慢了下來。

大劍在哪裡？得趕快把大劍找回來才行。

就在這個時候，站在那朵金屬蓮花上的黑鐵鬼也開始往下降了。

雖然雙方在上下移動的速度不相上下，但以水平移動來說，黑鐵鬼的速度還是略勝一籌。

他到底是怎麼辦到的?!

難道那個東西也握有不可思議的神器嗎？類似「猶太的十字架」的東西？

只可惜，現在沒有時間讓他想了。

牡丹踢了身旁的樹幹一腳，往旁邊縱身一躍。

因為他發現黑鐵鬼的槍口從正上方瞄準著自己。

槍口發射出來的東西貫穿了牡丹右手僅存的袖子，射入底下的大地。

轉瞬間，被子彈貫穿的大地爆裂開來，飛濺的泥巴差點掃到他。

「可惡！」牡丹咬牙切齒地說道。

他心裡很清楚，大劍不在自己身邊後，飛行能力明顯變差了。

「別小看人！」牡丹乘黑鐵鬼還沒有降落，在半空中彎進旁邊的樹後面，把自己藏起來。

黑鐵鬼正要緩慢地降落時，突然停了下來，浮在牡丹藏身的那棵樹對面的半空中。

蒼蠅眼望著牡丹躲藏的樹幹方向，牡丹已經放棄飄浮在半空中這種耗費精神的舉動了。

如果想要讓身體隨時浮懸在半空中，就必須要有一部分的精神一直集中在那上頭，但在面對黑鐵鬼的時候，是不能有絲毫分心的。

他利用自己的腳力踩在一根樹枝上，將身體攀附著樹幹。

牡丹慢慢調整自己的呼吸，一面思考著。

看樣子，自己藏身的地方已經被對方發現了。

要如何才能跟這個怪物相抗衡呢？還是要直接告訴他舞的藏身之處？
自己需要的只是那把大劍，乾脆把舞的藏身之處告訴他，專心找回那把大劍吧。
這麼做對自己是最有利的。
剎那間，腦海中浮現出源九郎的臉。牡丹並不討厭這個男人。
相反地，自從他們兩個一左一右砍掉變戲法的藤次兩條手臂之後，奇妙的友情就在他心裡滋生了。
如果可以的話，他實在很想遵守跟那個男人的約定，但也不能拿自己的生命當賭注。
「怎麼樣？你願意告訴我那個女人躲在哪裡了嗎？」
耳邊傳來黑鐵鬼的聲音。
「我說。」牡丹屈服了。
「在哪裡？」
「說了你也不知道，不如你跟我來吧！」牡丹說道。
如果由自己帶路的話，多多少少還可以爭取到一點時間。只要一逮到機會，就殺了這傢伙。
萬一沒有機會的話……那也沒辦法，只好說到做到，乖乖把他帶到舞的藏身之處。
「去就去……」黑鐵鬼回答。
牡丹放開雙手，降落到地面上。
「來吧！」牡丹說道。
儘管如此，他也絕對沒有忘記要在自己跟黑鐵鬼之間留下樹幹之類的障礙物。

黑鐵鬼也從空中降落到地面上。

黑鐵鬼從那朵金屬蓮花的花瓣上下來之後，在那怎麼看都像是一朵蓮花的東西旁邊蹲下來，輕輕用指尖碰了一下金屬蓮花的表面。

結果，金屬蓮花的花瓣一片片往內側彎摺，最後縮成一顆金屬球。

那顆金屬球輕飄飄地浮了起來，飄浮到黑鐵鬼左邊的肩膀上之後就靜止不動了。

非常不可思議的一幅光景。

「走吧……」黑鐵鬼催促著。

即使滿腦子都在想那把大劍的事，牡丹也只能邁開步子。

只好改天再回來這一帶慢慢找了。牡丹心裡想著，開始往前走。

想到自己毫無防備地走在黑鐵鬼前方，一絲恐懼掠過心頭，但是黑鐵鬼似乎沒有要對他不利的意思。

兩個人在沒有路的森林裡走了一陣子。

為了爭取解套的時間，牡丹還故意繞遠路，一面走，一面裝出正在找路的樣子。

「等你見到那個女人，你打算怎麼做？」牡丹問他。

「把她殺了。」多麼簡潔有力的回答。

兩個人繼續往前走著，黑鐵鬼完全沒有一絲破綻。

不久後，兩人已經來到目的地——樹幹上有一個大洞的巨木前。

當他們走到那棵樹附近的時候，牡丹突然停下腳步。

因為他看到前方有三道人影，剛好就站在目的地的樹幹附近。

站在那裡的三個人，有兩個是他認識的人。

萬源九郎、宮本武藏，另一個是才藏。

只不過，牡丹既沒聽過才藏這個名字，也不知道他的長相。

「唷！牡丹。」源九郎出聲招呼。「我剛才在前面的不遠處啊，撿到一個很有趣的東西……」

牡丹立刻就知道源九郎撿到什麼有趣的東西了。

因為牡丹剛才在半空中不小心甩出去的大劍，此刻就握在源九郎的右手裡。

源九郎笑得甚是開懷。

3

「和你在一起的這位仁兄還真是奇怪呢。」源九郎說道。

「是啊！」牡丹只能點頭。

「怎麼樣？你左手拿的那個劍鞘，要不要乘這個機會，順便也還給我啊？」

「真是拿你沒辦法呢……」

牡丹露出一絲苦笑，轉向源九郎，把那把大劍的劍鞘給扔了過去。

劍鞘在空中劃出一道優美的弧線，落在源九郎手上。

「的確是這把大劍的劍鞘沒錯。」源九郎把大劍收回劍鞘裡。

「我們聽到奇怪的聲音，就沿著發出聲音的方向察看，沒想到居然會在這裡又遇見你。」源九郎說道。

就在這個時候，武藏忽然往前踏出一步。

「益田時貞。」武藏以低沉的聲音呼喊。

「你還記得我嗎？」武藏一面用左手調整著腰上的佩劍，一面問道。

「當然記得。」

「那就請你在這裡與我武藏一較高下吧！」武藏靜靜說道。

「要我與你一較高下是沒問題啦！不過你得先問過這傢伙的意思才行。」

牡丹用左手的大拇指比了比站在自己身後的黑鐵鬼。

「你們是什麼人？」

聲音是從黑鐵鬼的箱子裡發出來的，他用生硬的動作舉起槍口，瞄準武藏。

「什麼？」

「快閃開！」

就在牡丹開口的同時，刺眼的火光也從槍口冒了出來。

武藏反射性地往旁邊彈開，子彈迅速穿過武藏前一秒鐘還站著的地方，射進背後的山毛櫸樹幹裡。

轉瞬間，樹幹便爆裂開來，緩緩往前傾倒。

那棵山毛櫸倒在地上的時候，武藏、源九郎和才藏三人早已往三個方向散開了。

「這個怪物想要殺舞。我是唯一知道舞在什麼地方的人，所以只要我不主動攻擊他，我就不會有危險，但是你們就不一樣了。看你們是要逃走，還是要打倒這個怪物囉……」

用不著牡丹提醒，他們也明白這點。

問題是，源九郎和才藏都認為，現在絕對不能離開這裡。

萬一舞在他們離開這裡的時候被黑鐵鬼發現，肯定不會有活路的吧！

對於武藏來說，這也是個兩難的選擇。

假設自己真的跟牡丹大打出手，黑鐵鬼肯定會助牡丹一臂之力，這樣才能從牡丹口中問出舞的下落。

所以對於源九郎、才藏、武藏來說，他們眼前的敵人其實是這個黑鐵鬼。

牡丹恐怕不會站在任何人那邊，對牡丹來說，最理想的狀況就是他們打到兩敗俱傷。

一群人各自藏在樹幹的陰影後面。

源九郎用兩隻手握住早就出鞘許久的大劍。

武藏也沒閒著，右手握著大刀，把背靠在樹幹上。

黑鐵鬼不再亂槍打鳥、胡亂掃射。

只不過，無論是武藏還是源九郎，都沒有辦法靠過去砍他。

一旦進入對方的攻擊範圍，就會先成為那類似鐵砲的武器的攻擊目標。

黑鐵鬼採取行動了！

他往才藏藏身的那棵樹靠過去。

為了把才藏揪出來，黑鐵鬼鑽到那棵樹幹後面，可是那裡卻不見才藏的身影，只有一根點著的火繩從樹上垂下來。

火繩掉到地上的那一瞬間，黑鐵鬼的周圍發出「轟」的一聲，燃起熊熊烈焰。

原來才藏逃到樹上之前，已經事先在地上撒滿了火藥，然後點火引燃。

只不過，黑鐵鬼還是不慌不忙，慢吞吞地從火場裡走出來，往才藏藏身的樹幹上射了一槍。樹幹應聲倒下。

才藏從緩緩倒下的樹幹上跳到半空中，動作飛快，遠遠超乎人類的極限。

仔細一看，他兩條腿的飛燕孔上，各扎著一根針。

只要把針插進飛燕孔裡，就可以激發人類的潛能，讓動作變得更快。

才藏跳起來的同時，把針射進黑鐵鬼的頭部，剛好就射在兩隻眼睛之間。

但是黑鐵鬼的動作只放慢了一會兒，就用自己的手把那根針拔了出來，然後丟掉。

「還是有機會取勝的喔！」才藏邊跑、邊叫。

「喔！」回答他的是源九郎，他明白才藏的言下之意。

這個像蒼蠅般的怪物，其實也是有生命的。

凡是有生命的東西，應該都不會喜歡被烈焰焚燒。

一旦火勢迎面而來，應該都會飛也似的逃跑。

然而這個怪物卻沒有立刻逃跑，被才藏的針插入頭部的時候也是一樣。

換作是正常人，當異物入侵體內的時候，當下一定會覺得疼痛異常。

即使這個怪物不是正常人，應該也會出現排斥的反應。

黑鐵鬼剛才就是基於排斥反應，才會把那根針拔出來。

只不過，他的動作實在是太不慌不忙了。這代表什麼呢？

代表這個怪物其實也被那種綠色的黏液狀物質——也就是進入舞體內的那種物質給操縱了。

被那種東西入侵後會出現什麼樣的異狀，源九郎是知道的。

那種東西會以令人難以置信的速度治好宿主身體上的傷，不僅如此，就連受傷時留在肉體上的疼痛感，也會暫時麻痺。

如果這種狀態長時間持續下去的話，會演變成什麼樣的結果呢？

對於自己肉體受到傷害這件事，警戒心會變低。

因此，才藏才會像這樣一下子用火攻他、一下子把針扎在他頭上，進行看似毫無計畫的攻擊。

如果他猜得沒錯，他們還是有機會取勝的——才藏就是要告訴源九郎和武藏這件事。

源九郎和武藏都了解他要表達的意思。

「我會設法讓那傢伙露出破綻來，到時候就拜託二位了……」才藏飛快地交代。

黑鐵鬼加快了速度，試圖將看似鐵砲的武器瞄準才藏，但是擋在他們之間的樹幹實在太多了，加上才藏又行蹤飄忽地閃來閃去，所以一直沒有辦法命中。

源九郎也知道，才藏再撐也沒有多久了。

飛燕孔雖然能讓肌肉的潛在能力以爆發性的方式呈現，但是這麼迅速的動作沒有辦法持續太久。

「了解。」源九郎回答。

才藏利用山毛櫸的死角，逐漸摸近黑鐵鬼，他的動作幾乎可以用出神入化四個字來形容。先往右跳，再往左跳，然後再往左跳，接著往上跳。動作絕不重複。

才藏一下子出現在黑鐵鬼的正前方，一下子又跳到旁邊的樹幹後面，下一個瞬間又從樹幹後面衝出來，從旁邊靠近黑鐵鬼。

才藏右手握著忍者的短刀，左手從懷裡取出一顆球，扔了出去！只見那顆球在空中爆裂開來，變成熊熊火焰。

才藏衝到黑鐵鬼面前，黑鐵鬼手中的鐵砲槍口也從正面瞄準了才藏。

「呿！」

才藏往旁邊跳開，子彈也從槍口射出，兩者幾乎是同時發生的。

電光火石之間，才藏投出燃燒彈的左臂被子彈射中了。

「呃啊！」

才藏沒有絲毫猶豫。他大大睜開雙眼，掄起握在右手裡的忍者短刀，一刀砍下自己的左臂，往黑鐵鬼的方向飛撲而去。

就在這個時候——武藏和源九郎同時從藏身的樹蔭底下衝了出來。

才藏掉在地上的左臂應聲爆炸，血肉與骨片齊飛。

才剛飛到半空中的才藏，馬上又用僅剩的右手一刀砍下。

覆蓋在黑鐵鬼口鼻處的碗狀物和背後那個四方形箱子是由兩根管子連接的，才藏俐落地切斷了其中一根。

被切斷的地方噴出黃色的霧狀氣體，才藏筋疲力盡地摔落在地上。

「唔！」

才藏按住被自己砍斷的手臂，這時總算從齒縫中迸出了呻吟聲。

他雖然試圖用握劍的右手拳頭壓住斷臂的肩頭，但是泉湧而出的鮮血，不一會兒便將拳頭染成一片殷紅。

黑鐵鬼也在扭動著。

源九郎擎起大劍，使出吃奶的力量，從扭動著的黑鐵鬼正上方一劍砍下。

黑鐵鬼把槍口轉向源九郎身上。

「嘿欸欸欸欸欸欸欸欸！」

武藏的劍光一閃，黑鐵鬼握著鐵砲的兩條手臂頓時一刀兩斷。

源九郎的大劍幾乎也在同一時間砍入蒼蠅頭的腦門，一路砍到肩膀上。

黑鐵鬼發出了嘶吼聲，那是完全沒有語意的嘶吼聲，像蟬被人抓住時所發出的聲音。

唧唧唧唧唧唧唧唧！

嘰嘰嘰嘰嘰嘰嘰嘰！

覆蓋在他口鼻處的碗掉落下來，露出蟬一般的嘴巴。

只不過，他的聲音依舊不是從嘴裡發出來的，而是利用胸腔的震動發出來的。

令人難以置信的是，黑鐵鬼竟然還持續扭動了好一會兒，才撲倒在地上。

源九郎確認黑鐵鬼倒在血泊裡之後，趕忙衝到才藏的身邊。

「才藏！」武藏也立刻趕到才藏身邊。

只不過，他的眼角餘光還在搜尋牡丹的身影，到處都沒有看到他。

「逃走了嗎？牡丹……」武藏咬牙切齒地說道，並走到才藏跟前。

「兩位的身手真是太厲害了……」

才藏的嘴角雖然硬擠出一抹笑意，但是痛苦馬上就讓他的嘴唇扭曲了。

「不要管我了，去救小舞小姐……」才藏說道。

「牡丹呢？」

聽到源九郎這麼一問，武藏只能回答：「不見了，應該是讓他給跑了。」

武藏再度環視四周，視線突然停留在一個點上——

「你們看那裡！」

其他人順著武藏的視線望去，看到一棵古老的山毛櫸，在那棵山毛櫸的樹幹上，有張小刀固定住的紙條。

武藏把那張紙條拿了過來。「飛驒啊……」武藏一面喃喃低語，一面把那張紙條拿給才藏和源九郎看。

我和小舞姑娘在玄覺寺，恭候各位的大駕。

紙條上是這樣寫的。

「小舞小姐……」才藏咬緊牙關，卻還是忍不住呻吟出聲。

他的臉色蒼白如紙，已經流太多血了。

「得趕快止血才行！」

源九郎從懷裡取出那片牡丹的衣袖，將它緊緊纏在才藏左臂肩頭上。

「源九郎大人，趕快去追牡丹……」才藏說道：「我失血過多，這條命看來是沒救了。我還把針插在飛燕孔，只會加快血流失的速度……」

沒多久，才藏的周圍已是一片汪洋血海，他的鮮血一路流向倒在一旁的黑鐵鬼。

就在這個時候——

「什麼？」武藏突然發出一聲驚呼。

定睛一看，黑鐵鬼的右手還牢牢抓住武藏的左腳踝。

源九郎站了起來。

果然沒錯……源九郎想起蘭說過的話。

就像她說的，還沒有徹底給予它致命一擊前，是絕對不可以掉以輕心的。

「看我的！」

源九郎的大劍一揮，把黑鐵鬼的右手臂整截砍了下來。

黑鐵鬼這下真的一動也不動了。

「真是太危險了！」源九郎說道。

武藏把死纏在自己腳踝上的那截斷臂扳開，那大概是蟲的觸手改變自身樣貌所化成的部位吧，機能就像是人手。

那截斷臂的表面硬硬的，但是裡面卻沒有骨頭。

「這傢伙到底是什麼來頭？」武藏問道。

「我也不知道。」源九郎搖了搖頭。

「我不知道這是什麼樣的生物，也不知道它是打哪兒來的……」

源九郎的話才說到這裡，就被才藏打斷了：「那是什麼？」

源九郎沿著武藏的視線看過去。

才藏左側肩頭流出來的血，在靠近才藏的地面上形成一攤積血。

有個東西浮游在那一攤積血中。

那是黃色、像膿一樣的黏液狀物質……跟從權三體內爬出來的東西是同樣的物質。

那個物質正在積血中奮力往才藏的方向游去，前端已經爬上才藏被血濡濕的衣服，幾乎就要到達才藏手臂上的傷口了。

「不妙！」

源九郎趕緊衝了過去，用劍打下那個物質還在積血裡蠕動的主要部分。

大劍雖然乾淨俐落、直直插入土中，但是那物質看起來卻毫髮無傷的樣子。

就像是浮在水面上的油，不會被劍所傷。

「才藏，快逃！」

源九郎大喊，只可惜慢了一步，那個物質的前端已經碰到才藏手臂的傷口了。

才藏想站起來，但是那個東西也一寸一寸從傷口鑽進才藏的身體裡。

「這、這是?!」

才藏用右手按住傷口，試圖阻止那個東西的入侵。

然而，那個東西還是從他按住傷口的指縫之間，肆無忌憚地鑽進才藏的體內，根本無法阻止。

「才藏！」耳邊傳來源九郎的叫聲。

「趕、趕快、把我、把我綁在這棵樹上，要不然就直接用那把劍殺了我……如果不這麼做的話，事情會無法收拾的……」

就算才藏這麼說，其他人也不可能就這樣殺了他。

武藏用劍砍下纏在附近樹上的常春藤。

「才藏，得罪了！」

源九郎用武藏拿來的常春藤把才藏綁在一棵山毛櫸的樹幹上。

那個物質幾乎在同一時間完全鑽進才藏的身體裡了。

「哇啊！哇啊啊啊——」

被綁在樹上的才藏發出了嘶吼，之前因為痛苦而扭曲的臉，漸漸放鬆下來了。

「唔……」才藏出聲。

「怎麼樣了?!」源九郎問道。
「痛苦正逐漸消失……」
「血也止住了。」
仔細一看，有一層薄膜狀的物質覆蓋在才藏手臂的傷口上。
「真是不可思議啊……」武藏低聲呢喃著。
「唔……」才藏又喊出了聲音。
「怎麼了？」
「有什麼東西、想、想要……想要控、控制我的意、意識……」才藏的聲音愈來愈模糊。
「如、如果……如果我輸了，我、我就會把小舞、小舞小姐……」
我就會把小舞小姐給殺了……才藏似乎是要這麼說。
「怎麼樣？」
「源、源九郎大人……武、武藏大人……殺、殺了我吧！」
「才藏！」武藏拔出已經收回劍鞘裡的劍。
「等、等一下！」源九郎說道。
「唔、嗚……嗚嗚……嗚嗚……」
才藏的口中發出了微弱的呻吟聲，他似乎在體內跟某種不知名的東西進行殊死對抗。
過了一會兒……
「呼……」才藏抬起頭來，大大吐出一口氣。

「你怎麼樣，才藏？」

「不、不要緊了……」才藏喘著氣說道。

「那、那傢伙……好、好不容易安靜下來了，現在是我自己的意識在說話……」

才藏深呼吸了兩、三次之後，以非常認真嚴肅的語氣說道：

「只不過，還不能把這條繩子解開喔。搞不好那傢伙只是故意裝出落居下風的樣子，等到繩子一解開，就會再度試圖控制我的身體。」

武藏和源九郎都不知道該說什麼才好，因為現在正在說話的才藏，也不見得就是真正的才藏。

「你們不用說，聽我說就好了……」才藏說。

「經過剛才那一番短暫的交手，我對現在躲在我身體裡的那個東西，似乎也有一點初步的了解，我現在就告訴二位。」

「怎麼樣？」

武藏和源九郎都不由自主地把身體往前一探。

「倒在那裡的東西，其實是居住在距離這裡很遠很遠的星球上的生物……」

「什麼?!」

「鑽進我體內的東西，是住在不同星球上的生物……」

「……」

「鑽進我體內的東西似乎是先進入倒在那裡的那傢伙體內，搭上可以從一個星球飛到另一個星球的船，才來到我們這個星球的。」

「等一下，你的意思是說，人類……或許該說是生物比較恰當……可以住在星星上嗎？」

「可以。只不過，並不是所有的星球都能住人。還有，我們肉眼看得到的星星，其實全都是一顆顆巨大的火球，別說是人了，無論是什麼樣的生物都無法在上面生存。」

「可是你剛剛不是才說生物可以住在星星上嗎？」

「天上星星的周圍還圍繞著一些更小的星球，人類或其他的生命體都是居住在比較小的星球上。」

「也就是說，我們所居住的這塊土地，也是你口中比較小的星球嗎？」

「正是如此。」

「還真是很難理解的說法呢……」

「就連我自己也不太懂。只不過，我還知道一件事……」

「什麼事？」

「我們被捲入的這件事，其實是天上某顆遙遠星球的王位之爭。」

「王位之爭⁈」

「是的。」

「什麼嘛？怎麼連那邊也是這樣……」源九郎喃喃自語。

話說回來，繼承了豐臣家血脈的舞，如今被德川的手下到處追捕。

這情況其實也跟王位之爭脫不了關係。

「還有嗎？」

「我知道的就只有這些了。其實我現在什麼都不確定，就連是不是真的還有另一個人在我的身體裡也不確定……」

「是嗎？」源九郎丟下這麼一句，拔出腰間的劍。

「喂！你想幹什麼？」武藏問他。

「我要把綁住才藏的這條樹藤砍斷。」源九郎回答。

「可以嗎？」

「沒有什麼可以不可以的，到底是要把才藏殺掉？還是要放了他？我們遲早要作個決定。我的話，是不可能殺掉他的，可是也不能把他一直丟在這裡。既然不能殺掉他，只好現在就放了他……」

「萬萬不可啊！源九郎大人！」

「少囉嗦！」源九郎一劍揮過去，樹藤立刻斷成兩截，掉落在地上。

「哎呀！源九郎大人，您真是太有勇氣了……」

才藏說道，並在源九郎和武藏的注視下慢慢站了起來，腳步稍微踉蹌了一下。

「我好像流了非常多血呢！」

才藏往前走了幾步，走到倒在地上的黑鐵鬼腳邊。

那顆總是懸浮在黑鐵鬼頭上的金屬球滾落在地。

「你想幹什麼？」源九郎問道。

「哎呀！有一件事情我忘了說啦！」
「什麼事？」
「是關於這顆金屬球的事。」
「這顆金屬球怎麼了？」
「不是，這顆金屬球的使用方法我已經知道一小部分了。」
「使用方法？」
「沒錯，只要利用這顆金屬球，說不定可以比任何人都先到玄覺寺，追上小舞小姐。」
才藏在那顆金屬球的前方停下腳步。
「慢、慢著……」源九郎說道。
「不用擔心，你看，就像這樣……」
才藏伸出右手，用指尖碰了一下那顆金屬球表面的某個地方。
結果，那顆金屬球的內部開始發出些微的機械音，那是非常規律的聲音。
金屬球的形狀突然開始隨著聲音產生變化。
之前縮成一團的金屬球突然開始動作，像花朵一樣綻放開來。
看著看著，那顆金屬球居然變成一朵金屬蓮花的形狀。
「怎麼可能？」率先打破沉默的是武藏。
「這個東西要怎麼使用？」源九郎問道。
「這個東西可以飛上天喔……」

「飛上天?!」
「只要坐在這上頭，就可以飛上天……」
才藏凝視著武藏和源九郎說道：「你們看，就像這樣……」
語聲未落，才藏便跨上外緣的花瓣，站在那朵蓮花的中心。
就在這時，咻！那朵金屬蓮花和才藏一起飄浮到半空中了。
「哇！」
源九郎驚嘆出聲的同時，才藏已經上升到比源九郎的頭頂還要更高的地方了。
「就像這樣……」
才藏說道，居高臨下地望著源九郎，臉上堆著心滿意足的微笑。
源九郎本來還想要舉起握在右手的大劍，但是馬上就放棄了。
「後會有期，源九郎大人、武藏大人……」才藏說完，笑嘻嘻地端坐在那朵金屬蓮花上。
那朵金屬蓮花繼續往森林空中上升，它穿過森林樹梢，飛往森林上方的藍天……乘著風的翅膀。
「真是太好玩了……」遠處傳來才藏的聲音。
那朵金屬蓮花彷彿捨不得離開似的，在兩人的視線內停留了半晌，才在陽光下悄悄開始移動。
沒多久，便消失在兩人的視線裡。
源九郎凝視著才藏消失的天空，長嘆了一口氣。

轉章

那個東西在地底已經餓很久了。

著陸的時候，不小心陷入地底太深，害船整個動彈不得。

它只能靠自己的力量，從深陷在地底的船上逃出來。

那個東西離開船，開始在混合著岩石的泥土裡移動。

看樣子是在著陸的時候，撞上土質本來就比較鬆軟的懸崖之類的地方，才會讓自己被埋在崩落的土石裡。

雖然也可以把岩石擊碎，但那麼做實在太花時間了，所以那個東西在地底下不斷改變行進的方向。

要是沒有這些岩石的話，它早就已經離開這裡，追上它要追的目標了。

夥伴們應該已經先追上去了。

一切順利的話，說不定任務早就圓滿達成了也說不定。

如果是這樣的話，同伴們恐怕也已經回去了。

這麼一來，就只剩下它被孤零零地留在這顆星球上。再也沒有比這個更可怕的事了。

總而言之，得先從這裡出去才行。話雖如此，但它還是無法擺脫飢腸轆轆的感覺。

雖然已經吸收了途中發現的小蟲或微生物，但還是不夠。

被困在地底的這段時間，它的身體大小已經縮得只剩原本的一半左右。因為它不得不把自己的肉體轉換成能量。再這樣下去的話，它可能會在這個地底消瘦再消瘦，就這麼死去也說不定。

一定不能讓事情演變到這個地步，那比被獨留在這個星球上更令它害怕。

所以那個東西拚命從地底往外鑽，還有，它真的快要餓死了。

天魔望鄉篇

序章

1

突然受到了攻擊，被「驅動體」擺了一道！沒想到居然會有追兵！

當他經由「轉通」出現在這片星域的同時，那群人似乎就已經緊緊跟在「幻力船」後方飛行。

達克夏、拉荷荷、歐塔，三個人駕著各自的「極妙艇」，尾隨在他的後方。

看樣子，恐怕是跟他一起被「轉通」傳送過來的。肯定有人在暗中協助他們，不會錯的。

只不過現在已經沒有時間去研究誰是背叛者了。

因為目的地的行星已經近在眼前，達克夏、拉荷荷和歐塔的「極妙艇」也已緊貼在「幻力船」的外殼上。

如果「極妙艇」在一定距離外使用配備的武器，「幻力船」都有辦法見招拆招，只要使用「因果砲」破壞因果循環就行了，無論是什麼樣的武器都起不了作用。

問題是，像這樣直接黏在「幻力船」上，直接對裝甲進行破壞是最恐怖的了。

「念映鏡」裡映照出這個行星的大陸，在面積最大的大陸中央附近，有顆綠色的光點在閃爍著。

——就是那裡！蘭對那個地方進行記憶。

身體好熱，船身開始對攻擊產生反應了，部分裝甲已經開始融化。

可以的話，她真想直接降落在那個地方，但是這麼做就等於是直接把達克夏、拉荷荷、歐塔引導到目的地。

賽夏和恩卡恩卡是否已經先抵達那裡了呢？目前還是無法和他們取得聯絡。

「幻力船」開始在次元間搖晃起來，以超高速在三個次元之間往返，就連船身也開始震動。震動的方向都朝向同一邊，再這樣下去的話，可能會被「轉通」到完全無法想像的地方去。

因為「安定肢」有一支被破壞了，是被達克夏破壞的。

就在那個時候——蘭感覺到一陣幻痛。

一根「念針」就插在與蘭意識同步的「幻力船」的心臟部位，那就是讓蘭感受到痛楚的主因。

那群人的動作還真是快，居然同時對她發動了各式各樣的攻擊。

雖然有九成都被她擋下了，但還是有一成沒有辦法完全避開。

不跟任何人商量，單槍匹馬就想要追上賽夏他們，果然還是太輕率了嗎？

不對，現在不是反省這個的時候，再怎麼勉強，也得在這個行星的某個地方著陸才行。

一開始被「驅動體」暗算的那一下實在是太致命了。

再這樣下去的話，「幻力船」可能會發生「因果爆炸」。

這麼一來，不管是達克夏、拉荷荷，還是歐塔，都要跟著一起陪葬。只不過，對於他們來說，只要能夠達成使命，自己是死是活應該一點都不重要吧！

他們就是這樣的一群人。

到底要怎麼樣才能得救呢？

就算能以迫降的方式逃出生天好了，一旦「幻力船」發生「因果爆炸」，還是只有死路一條。

在逃出去之前，一定得先想好退路才行，那群追兵肯定也抱持同樣的想法。

要是捲入「因果爆炸」，百分之百不會再有活命的機會。

只能先迫降，在逃出去的瞬間利用現在的震動，使這艘「幻力船」自動被「轉通」到別的地方爆炸。

問題是，假設這個作法真的成功了，自己又要怎麼離開這個行星呢？

沒問題的！

如果一切順利的話，可能會有人在「幻力船」的「轉通」目的地看到船的「因果爆炸」……當然也有可能被敵人看見就是了。

就算沒有被任何人發現，也還有早她一步過來的賽夏，他們的船應該也還在這個星球上的某個地方才對。

就算那艘船也出了意外，只要能夠抵達那片大陸的中心——也就是那個綠色光點所在的地方，就一定會有辦法的。

她很清楚這個行星的大氣成分，只要稍微調整一下自己依附的生命體的呼吸功能，就可以呼吸了。

達克夏、拉荷荷和歐塔所依附的生命體，同樣也可以在這個行星上活下去吧！

要是能夠盡早進入這個行星的生命體裡，要尋找「船」或土星隕石也比較方便吧！

咦?!

蘭突然發現「幻力船」並沒有按照自己的想法移動，船好像受到什麼東西的牽引，開始改變行進方向了。

發生什麼事了？

地面愈來愈靠近，時間是深夜。

「幻力船」從森林上空飛了過去。

不管怎麼說，至少要避免直接撞上地表才行。

達克夏、拉荷荷和歐塔的「極妙艇」還緊貼在「幻力船」上。

就在即將撞上地表的前一刻，追兵的「極妙艇」終於離開「幻力船」，四散逃逸了。

緊接著，「幻力船」的船身便碰觸到了森林的樹梢。

2

——到底已經過了多久呢？

歐塔一面在地底爬行，一面思考著這個問題。

「念映鏡」曾經映照出這個星球的自轉週期，所以歐塔記了起來。

當他們透過「轉通」出現在這片星域裡時，「船」就自動藉由「觸波」觀測到自轉週期的數字了。

這個星球自轉一次的時間大約是八八〇七四五阿洛姆。根據他帶在身上的「時空計」顯示，從他搭乘的「極妙艇」撞上地面的那一刻算起，這個星球已經轉了三圈半。

蘭應該已經被幹掉了吧？他作夢也沒想到，蘭居然會讓「船」直接撞向大地。

還好自己在最後關頭離開了那艘「船」，但他也拜蘭所賜，一頭栽進地底。看樣子，當他利用「念針」發動攻擊的時候，對方也以「念針」回擊，所以他才會來不及好好操縱「船」，就是這樣才會撞上地面。

儘管如此，他也不認為蘭就這麼死掉了，既然自己還活著，那表示達克夏和拉荷荷應該也還活著吧！

所以說，就算蘭活了下來，在這個星球三圈半的自轉週期裡，應該也已經被達克夏和拉荷荷給收拾掉了。就算任務還沒有達成，應該也執行得差不多了吧。

他花了很多時間才在地底把機艙門打開。

當時恐怕是先撞向山的斜坡，再撞進地底，一連串的衝擊引發土石崩落，才把他掩蓋起來。

與其說機艙門是被打開的，還不如說是被他弄壞了。

他從機艙裡爬出來，鑽進地底，如今正在地底移動中。

還好他有依附到這個生命體上。歐塔心裡是這麼想的。

因為這個生命體不但可以改變形體，還可以把身體的部分或全體角質化，否則他肯定沒有辦法在地底移動吧。

移動是可以移動，但動起來非常花時間。他必須把觸手伸長，然後把觸手角質化，把土撥到後方空間，再往前進。

一旦碰到岩石，還得改變前進、避開岩石的方向才行。

他用掉了大量儲存在身體裡的「力素」來改變形體，或角質化身體。在地底移動的時候，也必須耗費大量的「力素」。

原本儲存在身體裡的「力素」指數，如今已經消耗掉一大半了。

雖然他也吸收了在地底發現的小生物，但是那些根本不足以彌補他用掉的「力素」的萬分之一。

雖然他把可以當作武器的東西從「船」裡帶了出來，但是為了和那些東西一起在地底移動，又耗掉他不少的時間。

萬一達克夏和拉荷荷已經完成任務，把他一個人丟在這裡，自己先回去了該怎麼辦？

如果蘭前來的這個星球，真的是傳說中擁有土星隕石的星球的話……

他們的任務是取蘭的性命，但這星球如果真的擁有土星隕石，那麼他們可能就會在這個星球多停留一會。

這麼說來，蘭的「幻力船」在進入大氣圈的時候，曾經出現過奇怪的動作，彷彿受到什麼東西牽引似的，改變了方向。

是蘭故意改變方向的嗎？還是這個星球所擁有的土星隕石讓「船」的行進方向出現了微妙的

變化呢？

他也不知道。

根據「念算機」的計算，「幻力船」原本應該可以降落在更前面的地方，也就是這個星球的海洋上才對……

正當他一面移動，一面思考著這個問題的時候，位於身體側面的「音線」突然捕捉到某種波動。

周圍的土壤和岩石正以一定的頻率震動著。

發生什麼事了嗎？

下一秒，他馬上就知道發生什麼事了。

肯定是有什麼東西在挖地。他的「音線」捕捉到金屬潛進地底，把泥土往外撥的聲音。方向呢？是這邊嗎？

他把觸手伸出去，伸出去的觸手突然接觸到空氣。

出來了！他趕緊讓觸手的前端質變，當場作出一隻「眼睛」。

他用那隻「眼睛」看見了這個星球的生命體。一共有兩個。

那個生命體似乎想利用這個工具把「船」挖出來。

其中一個用身體兩側垂下來的一對觸手抓著一根棍子，棍子前端連接著一片金屬板。

那兩個生命體似乎也注意到土裡伸出了一隻奇怪的觸手，因此停下動作，望向歐塔的眼。

歐塔開始慢條斯理地移動，那動作看起來像是要讓自己的肉體流向早一步伸到外面來的觸手，沒多久便完成了這項作業。
身體終於離開地底，空氣微微震動。
屬於此星球的兩個生命體望著歐塔，嘴巴張得大大的，還發出音波。音波藉由空氣傳遞，震動著歐塔身體側面的「音線」。
那是驚恐的尖叫聲。

第一章　幻力武者

1

「就是這裡了。」說這話的是彌太八。「我昨天就是在這裡看到的。」

「真的嗎？那顆流星真的墜落在這裡嗎？」喜助半信半疑地看著彌太八。

彌太八的年紀大約五十歲左右，頭髮當中已經東一撮、西一撮夾雜著銀絲。

喜助還很年輕，大約只有二十出頭歲，肩上扛著一把鐵鍬。

「對呀！你不也看到了嗎？」

「是看到了。」

兩個人口中「看到」的東西，指的是三天前的晚上，從天上掉下來的光球。

那天晚上，彌太八手裡拿著火把，喜助肩膀上扛著鐵鍬、背上還背著一個竹簍，竹簍裡裝了滿滿一籠當天的收獲。

是虎頭蜂窩。蜂窩裡，有著滿滿一窩碩大肥美的虎頭蜂幼蟲。

這種虎頭蜂的幼蟲真是美味極了，可以把鍋子掛在火爐上，直接丟進去烤來吃，也可以煮來吃。虎頭蜂的幼蟲非常滋補，是很珍貴的食物。

彌太八白天就發現那個虎頭蜂窩了。要找到蜂窩並不難，只是要花上一點時間，但那也是沒辦法的事。

首先抓住幾隻虎頭蜂，然後把白色的線綁在其中一隻身上，再把牠放走，虎頭蜂會飛回巢。由於被白線綁住，虎頭蜂沒辦法飛太遠，飛行的速度也很慢，白線又顯眼，所以追蹤起來十分輕鬆。

就算不小心跟丟，只要再抓一隻新的虎頭蜂，綁上白線再放牠走便行了。

只要重複以上的動作，最後一定可以找到虎頭蜂的巢穴。

彌太八就是利用這種方式，找到了兩個虎頭蜂的巢穴。

入夜之後，彌太八便找喜助一起去挖蜂窩。挖蜂窩的作業要等到晚上才能進行。

如果在白天挖的話，飛出去的虎頭蜂會陸續回巢，他們肯定會被那些虎頭蜂叮得灰頭土臉。

一到了晚上，虎頭蜂就會全數飛回巢裡。

虎頭蜂會把蜂窩蓋在樹根的間隙，所以只要找出入口的洞穴，把枯葉或樹枝等塞進洞穴裡，再點上火，用煙燻炙，幾乎所有蜂窩裡的虎頭蜂都會死掉，不然就是變得奄奄一息、再也飛不起來。接下來只要再把蜂窩從地底挖出來便行了。

兩人優哉游哉地走在夜路上。

彌太八和喜助都是住在笠置村的百姓。

笠置村位於木曾川沿岸，土壤貧瘠。村民只能在河裡捕魚、在山上採集山菜或蕈類，或是像這樣捕捉虎頭蜂的幼蟲維生。管他是蝗蟲也好、水生昆蟲也罷，總之只要是可以吃的，全都會成為他們的食物。

回去之後先喝個一杯吧！就算喝的是未過濾的濁酒也好——當時他們心裡是這麼盤算的。

然而，就在兩個人沿著木曾川旁的道路往上游的方向走回家，再走幾步就可以回到村子裡的時候——

啪！天空突然大放光明。

發生什麼事了？兩人同時抬頭望天，發現一道光芒從空中劃過。

「那、那、那是什麼？」

「是火、火球啦！」

閃爍著青白色光芒的球體，從西方飛了過來。那顆發光的球體拉出一條明晃晃的尾巴，撞上位於村子背後的笠置山半山腰。

在那團火球撞山之後，又過了片刻，耳邊才傳來「咚」一聲巨響。

又過了一會兒，大地才開始震動，像是發生了地震。

「那、那是流星嗎?!」喜助說道。

「怎、怎麼可能？」不管是喜助還是彌太八，在這之前當然看過好幾次流星了。

所謂的流星，會在夜空中拉出一道細細的光束，然後消失。

問題是，那天晚上他們見到的東西，和之前看過的流星完全不一樣。

那星子般的物體從大小來看，明顯呈現球狀，而且它最後也沒有消失，反而直接落在大地上。

村裡只有那天剛好人在外面的彌太八和喜助看到那幅景象。於是，彌太八隔天一早就上笠置山尋找那顆流星的下落。

雖然在山裡走了一整天，還是沒能找到那顆流星掉在什麼地方。

如果流星真是從天上掉下來、墜落在這片土地上……當然就不可能故意選在人容易前往的地方或者是哪個路邊墜落。

第二天，彌太八心裡已有定見，一早就上了山，腰上還掛著一個竹籠。

尋找流星的同時如果發現什麼蕈類，就順便摘下來放進籠子裡帶回家。如果這樣還找不到的話就算了。

彌太八採集到許多的玉蕈和牛肝菌。最後，終於讓彌太八找到了這個地方。

此時此刻，彌太八和喜助就站在那顆流星掉下來的地方——坐落在笠置山半山腰的懸崖。

雖然不是垂直的懸崖峭壁，但也絕不是用走的可以走得上去的角度。他們手腳並用，好不容易才爬了上去。

流星墜落的痕跡就在距離彌太八立足之處上方十公尺左右的地方。從天而降的流星，似乎斜斜撞上了那座懸崖。

照現場的情況看來，流星應該是一頭撞進懸崖裡。撞擊時的衝擊還使得懸崖的上方崩塌，崩落的土石就覆蓋了上去。

往懸崖的方向看過去，可以看到面積相當大的崩落痕跡。崩落的痕跡看起來還很新，空氣中也還彌漫著塵土的味道。

應該不會錯，這裡就是那顆流星掉下來的地方。

「挖吧！」彌太八對喜助說。

說是這麼說，問題是要怎麼挖呢？

他們是有帶鐵鍬來沒錯，但鐵鍬是用來耕田的。而田地基本上是由泥土構成，所以說鐵鍬是用來挖土的工具。

但眼前的現場非但不是平地，以坡度來說根本算是一個懸崖，滿地都是大小不一的岩石。這樣就算敲到鐵鍬斷掉，也難以動岩石分毫吧！再說，如果在挖掘的過程中山崩怎麼辦？

「我們幹嘛非要來挖星星不可啊？」喜助問彌太八。

彌太八「嗯……」地想了一下，然後回答：「因為是星星嘛！」

這不是當然的嗎？問題是……

「挖出來之後你打算怎麼辦？」

如果是虎頭蜂的幼蟲還可以抓起來吃掉，蕈類也是。

如果是埋藏在地底下的金銀財寶，也還有挖掘的價值，但是星星……

「你想想嘛！喜助，這可是從天上掉下來的星星喔！你不想挖出來看看嗎？而且啊……我總覺得這顆星星一定會很有價值。」

「真的嗎？」喜助回顧腦海中的知識，的確找到了「天上掉下來的石頭可以打造成劍來變賣」的說法。

也不知道是真的還是假的，聽說從天上掉下來的石頭裡似乎含有大量的鐵。

就算掉在這裡的星星真的是那種石頭，又要怎麼樣鍛鍊成鐵呢？

「總而言之，先挖出來再說。能夠挖出一顆星星，你不覺得是件很神奇的事嗎？」

「知道了啦！」雖然他什麼也不知道，但還是這麼回答。

「挖吧！」

「就我一個人挖啊？」

「鐵鍬只有一把啊！何況你比我年輕，又比我有力氣。」

「在挖之前，得先把這塊石頭移開才行……」

「說得也是。」

「你也出點力吧！」

真不愧是彌太八，立刻就明白喜助所指為何。

流星墜落在懸崖上的痕跡雖然受到上方崩落的土石影響，形狀有點改變，但大致上還是一個圓形，大小足夠容下村長家的院落。

喜助和彌太八沿著懸崖一起爬到相當於圓的正中央的位置。

「差不多是在這裡吧？」

「把石頭搬開吧！」

於是他們開始把大大小小的石頭和岩塊搬開，把橫在地面上的石頭抱起來，沿斜坡推下去。

所幸石頭的體積大歸大，多半還是一個大人就可以設法移動的重量。

如果一個人沒有辦法移動，就兩個人一起合力推開。如果是更大一點的石頭，就利用槓桿原理：用鐵鍬的柄把石頭撬起來，再沿著斜坡推下去。
如果這樣還是沒有辦法移動的話，就放著不管它。
當他們總算清理出一個小歸小，但至少可以使用鐵鍬的範圍時，已經喝掉半筒事先準備的竹筒水了。
喜助和彌太八輪流用鐵鍬挖土，每挖一會兒，就會露出岩石。
他們會先把那塊岩石搬開，繼續用鐵鍬往下挖，之後又會挖到岩石。把那塊岩石搬開後，再繼續用鐵鍬往下挖……
兩人輪流使用鐵鍬，重複著單調、無聊的工作。
洞被他們愈挖愈大、愈挖愈深了。不過，從整體來看，實在看不出有挖過的跡象。
「星星真的埋在這底下嗎？」喜助忍不住說出喪氣話。
「就埋在這底下！」彌太八把鐵鍬從喜助手中搶過去，開始挖地。「你如果想要回去的話就回去吧！但你得付出代價：如果我真的挖出什麼東西來，你別想分一杯羹，全部都是我一個人的。」
「怎麼這樣……」喜助發出悲慘的低吟，視線望向彌太八旁邊岩石與岩石的縫隙，突然停下了動作。
「怎麼啦？」彌太八注意到他的異狀，出聲探詢。
「那、那個……」喜助指著岩石與岩石的縫隙。
好像有什麼奇怪的東西正要從裡面鑽出來，喜助一開始還以為是樹根。
樹根從岩石的縫隙間長出來實在不足為奇，問題是，樹根生長的速度不可能那麼快，不可能只用肉眼就看出樹根正在伸展。

顏色看起來像是黑色的，又像是綠色的……如果不是樹根，那就是那種顏色的蚯蚓或水蛭了。

不對，也不是蚯蚓或水蛭，如果是蚯蚓或水蛭，就算可以爬到岩石上，也不可能把身體伸到半空中，擺出蛇抬頭似的姿態。

那就是蛇囉？可是那東西沒有頭，但也不像是蛇的尾巴，而且也沒有鱗片。

「這玩意兒是什麼？」彌太八拿著鐵鍬的手也停了下來。

那類似水蛭的東西從岩石的縫隙間伸出四尺左右之後，就停在那裡，前端靜止在半空中。

就在這個時候，躲在後面、像是觸手的本體的東西沿著觸手從岩石縫隙間冒了出來。

不對，仔細一看，並沒有什麼東西冒出來，而是有一團膨脹的東西蠕動了過來。

看上去就像是有條蛇把頭伸進岩石的縫隙，在裡面吞了什麼東西，而被吞進去的東西開始在蛇的體內移動，一直移動到尾巴的尖端才停下來。

觸手的尖端看起來就像是被吹鼓的氣球，似乎有什麼東西正在鼓起來的地方蠢動著。

突然間，在那個氣球般的表面出現了一道裂縫，有顆眼球從那底下露了出來。

喜助和彌太八橫看豎看，都覺得那是一顆眼球。

那顆眼球在膨脹起來的地方骨碌碌地蠢動著，彷彿正在確認可以活動的範圍。

眼球停止了蠢動。

「喜助，這傢伙似乎正在打量我們呢！」彌太八說道。

「這、這傢伙到底是什麼玩意兒啊……」

「我也不知道。」

「該、該不會是什麼危險的玩意兒吧？」

「天曉得。」在他們面面相覷的同時，那團膨脹的東西仍持續從岩石深處往觸手前端移動。

觸手變得愈來愈大了，一下子變成跟貓一樣大，一下子又變成跟狗一樣大……

那團膨脹的東西全部爬出來了，那是喜助和彌太八這輩子從來沒有看過的東西。

它跟狗差不多大，貌似水蛭。底下長著好幾根像腳一樣的東西，在身體的其中一邊還有一隻眼睛——只不過，那隻眼睛不知不覺間長得跟人類的拳頭差不多大。

只有一隻眼睛的水蛭，大小跟狗一樣，身體的其中一側長著無數應該是腳的東西。

在他們還在面面相覷的時候，原本只有一隻眼睛的那一側，又開始膨脹，然後裂開，轉瞬之間便長出另一隻眼睛。

現在是一對眼睛了，可以計算距離的一對眼睛。

至此，彌太八和喜助的忍耐終於到達極限了。

「唏咿咿咿咿！」

「哇啊啊啊啊！」彌太八和喜助發出慘叫。

雖然兩人皆不約而同地發出慘叫，但肉體的反應卻不一樣。

彌太八把握在手裡的鐵鍬舉到頭上狂揮亂舞。

「別、別、別過來！」彌太八對著那個令人毛骨悚然的怪物一陣猛打。

「哇啊啊啊！」喜助拔腿就跑。

2

喜助連滾帶爬地在滿是岩石的懸崖斜坡上拔足狂奔，途中不知跌倒過多少次，摔得鼻青臉腫，額頭撞到岩石，連血都流了出來。

好不容易才從懸崖底下衝進來時的森林裡。

由於是突如其來的全力衝刺，他馬上就跑得上氣不接下氣。

儘管如此，他也不敢停下腳步。生怕自己一停下腳步，馬上就會被那陰陽怪氣的東西給追上。

——那才不是什麼星星呢！

喜助一面跑，一面淚如雨下。

——哪有什麼星星掉下來？根本是騙人的！

——掉下來的只有那個怪物！

喜助突然被腳下的樹根一絆，整個人往前撲倒。

喜助一面喘著大氣，一面把手撐在地面上，支起上半身。

扭到腳了！雖然喜助拚命想要站起來，但是膝蓋卻抖得完全不聽使喚。

他只能一屁股坐在眼前杉樹的樹根上，把背靠在樹幹上。

彌太八怎麼樣了？

他只記得彌太八用鐵鍬搥打那個怪物的模樣，再下來的事情他就不知道了。
為什麼？事情為什麼會變成這樣呢？喜助的臉被眼淚和污泥弄得髒兮兮的。
就在這個時候——
「喂……」
遠處傳來一個聲音，是彌太八的聲音。
「喜助，你在哪裡？」
彌太八的聲音愈來愈近了。
在這裡！喜助差點就要回答他了。
他沒有真的回應，因為彌太八的聲音聽起來怪怪的。
那是一種潮濕黏膩的聲音。
出聲的喉嚨裡彷彿是有什麼黏稠狀、像痰一樣的東西鯁著，音調也有些不太對勁。
不僅如此，聲音裡也沒有任何類似情緒的東西。
「喂……」彌太八的聲音繼續步步逼近。
那個聲音似乎正確地鎖定了喜助的方向，毫不遲疑地一路尾隨在後。
明明才剛發生那樣的事，聲音怎麼可能還如此平靜？就算彌太八真的從那個怪裡怪氣的東西手中平安逃脫，聲音也應該會更緊張才對。
那個聲音，真的是彌太八的聲音嗎？
喜助的背脊突然掠過一陣惡寒。

得趕快逃才行……心裡雖然是這麼想的，但是身體卻動彈不得。

膝蓋也還在不停發抖，但即使如此，喜助還是奮力往前跨出了一步。

就在這個時候——

「什麼嘛！原來你在這裡啊！」一聲音從背後傳來，彌太八就站在他身後。

他右手握著鐵鍬的握柄，把鐵鍬扛在肩膀上。

「你、你沒事吧？」

「我・用・這・傢・伙・海・扁・了・那・小・子・一・頓・然・後・就・逃・走・了……」彌太八舉起鐵鍬說道，用他那沒有抑揚頓挫的聲音。

他像是剛學會平假名的小孩子，照本宣科地把文字唸出來，卻完全不懂它們組合起來的意思。

臉上沒有半點表情，連血色都沒有，皮膚看起來蒼白得嚇人。

「彌、彌太八，你、你的臉色……」

「我・的・臉・色・有・什・麼・不・對・嗎？」

「會、會不會太白了一點……」

「太・白？」

「你不懂太白的意思嗎？」

「那・要・什・麼・顏・色・才・對・呢？」

「什麼顏色……你在說什麼呀？」

「像・這・種・顏・色・可・以・嗎？」

彌太八的話還沒說完，臉色突然出現了變化，變成紫色的！

「彌、彌太八?!」

「不・是・這・種・顏・色・嗎？」

彌太八的臉色又開始變化，這次變成紅色的，宛如鮮血一般的顏色。

「這・樣・呢？」接下來又變成黑色。

「你、你、你……」喜助不住後退。

彌太八到底發生什麼事了？不知道這到底是怎麼一回事，總之眼前這傢伙並不是彌太八，而是別種生物。

膝蓋還在不聽使喚地顫抖，眼看就快要站不住了。

喜助轉過身去，叫出「哇」的一聲想要逃跑，可是卻跑不掉，因為他的衣領被對方從後面拎住了。

他只好轉動脖子，回頭一看。

喜助終於明白是什麼抓住自己的領子了，原來是彌太八的左手。

問題是，彌太八並沒有從剛才的位置移動半步。

彌太八的左手變得跟臉一樣黑，伸長了兩間有餘，緊緊揪住喜助的衣領。

「救救救救救、救咪……」喜助口齒不清，說不出像樣的話來，一屁股跌坐在泥地上。

有東西一圈接著一圈地纏上了他的脖子。是什麼？是蛇嗎？

不是蛇，是彌太八揪住他領子的左手中指。

彌太八伸長了左手的中指，一圈圈纏上了他的頸項。

喜助連忙用兩隻手抓住纏在自己脖子上的手指，試圖把它扳開。

扳不開，一股強大的力量勒緊了他的脖子。

脖子上傳來一陣尖銳的痛楚，好像有什麼東西咬住他的脖子。

啾！啾！

像在吸吮著什麼的聲音傳來，原來是纏住脖子的東西正在吸他的血。

不僅如此，耳邊還傳來啃噬骨肉的聲音，喀嚓……喀嚓……

彌太八伸長的手指正在吸他脖子附近的血、吃他的肉，不能呼吸了！

喜助的眼前突然陷入一片黑暗，然後就再也看不見任何東西了。

3

那是一個深邃的杉林。裡頭鬱鬱蒼蒼長滿了久經年月的參天古木，巨大的樹根在岩石間盤根錯節。

在這片山中森林的底部，有一條蜿蜒曲折的小徑向上延伸。

乍看之下像是一條獸道，但是再仔細一看，原來不是給野獸走的，而是偶爾會有人經過的羊腸小徑。

小徑上有一塊巨大的岩石，泉水從那塊岩石底下汩汩湧出，在岩石旁邊形成一汪小小的水塘，泉水再從那個水塘繼續往森林深處流淌。
羊腸小徑沿著那條涓細的清泉，一路往巨大的岩石延伸。
岩石上刻著一座佛像，也不知道是誰刻的，雕刻的手法十分粗糙，眼睛鼻子的輪廓都很模糊。
一個作旅人打扮的男人正站在那塊岩石前面，雙手合十，但他並不是在膜拜雕刻在岩石上的佛像。
男人雙手合十的對象，是五個衣衫襤褸的男人。
「我全部、全部的東西都給你們，只求你們饒我一命……」男人的聲音顫抖著。
「我們又不是乞丐，拿你的東西做什麼？」
「有什麼關係？」
「反正我們是山賊嘛！」衣衫襤褸的男人們說道。
說話的分別是牙丸、音吉，和安吉三人。
帶頭的三郎兵衛和新之助站在比這三個男人還要再後面幾步的地方，雙手環抱胸前，看著前方的人互動，好像看得挺開心的。
只有牙丸一個人拔刀在手。
在三郎兵衛的腳邊，有個看起來似乎才剛滿二十歲的女人。
她坐在地上、全身發抖，宛如秋風中的落葉。
「要怪就怪自己不走運吧！誰叫你們要經過這條通往飛驒的小徑呢？」
「反正你們就算走大路，肯定也會在關所被攔下來吧！」

「是私奔吧？八成是哪家店的下人和老闆的女兒搞上了，所以想要遠走高飛？」

男人聽著對方你一言、我一語地奚落，就只是咬緊牙關，沉默以對。

「我猜得沒錯吧？你們已經睡過了對吧？」牙丸露出一臉不懷好意的猥褻笑容。

「那還用說嗎？這時候我們如果沒有現身的話，他們恐怕早就開始辦事了吧！」音吉說道。

「少廢話了，趕快把男人解決掉，開始享用這個女人吧！」安吉望著牙丸說道。

「說得也是。」牙丸往前跨出一步、兩步……冷不防地把握在右手裡的刀子往前一刺，刀刃筆直插入那個男人的胸口。

「哇啊啊啊！」男人發出了號叫聲，用剛才為止都還在求饒的雙手握住刀身。

牙丸不理會他，又往前跨出一步，刀刃往男人的胸膛更深入了幾寸。

握在刀身上的手指紛紛被削斷，一根、兩根、三根……男人翻了一個白眼，整個人往後倒，身體不住痙攣。

女人發出了高亢的慘叫。

「嘿嘿嘿！」牙丸笑了笑，用頭頂了一下插在男人胸口上的刀柄，於是刀身又往胸中深入了幾寸。

這下子，男人終於動也不動了。

音吉和安吉一左一右抓住那個女人，女人還在不停地尖叫，音吉和安吉也任由她繼續尖叫。

「放心吧！妳和那男人還沒有做完的事，就由我們來替他完成吧！」音吉蹲了下來，用左膝頂開女人的雙腿。

「嘿嘿……」正當音吉準備跨坐到那個女人身上時，女人的尖叫聲突然停止了。

「呿！去她奶奶的！」音吉咒罵了一聲。

女人口中流出一道紅色的血絲。

「臭娘們，居然咬舌自盡了。」音吉說道。

「混帳東西！都是你太粗魯了啦！」牙丸伸出右手，握住從男人胸口拔出來的血刃，將它扛在右肩上，靠了過來。

就在這個時候——

「有什麼關係。」空氣中響起低沉但中氣十足的聲音，一臉落腮鬍的三郎兵衛出的聲。

「趁她身體還沒有變冷的時候，把該辦的事辦完不就成了？」

「就算身體變冷了，我也無所謂喔……」這是新之助說的。

欸嘿欸嘿欸嘿欸嘿……一行人紛紛發出令人頭皮發麻的笑聲。

就在這個時候，這群男人不約而同地露出奇怪的表情，注視著彼此的臉。

因為空氣中飄來了一股異樣的臭味。

「這股臭味是怎麼回事啊？」牙丸問道。

「那、那邊……」

「有人來了……」音吉和安吉指著小徑下方。

只見有個武士正沿著小徑往上爬，武士身上的黑色小袖和黑色褲子全都破破爛爛的，褲管、袖口都已經磨破了。

看樣子，眾人聞到的異臭就是從這個男人身上散發出來的。
男人的身高超過六尺⓫，一頭亂髮在後腦勺隨意紮成一束，雙頰和下顎長滿了濃密的鬍鬚。目光炯炯有神，瞪視著前方，一股非比尋常的精氣籠罩在那個男人四周。
男人每踏出一步，那股精氣就好像要從全身上下滴落了。
男人並不是有意釋放出那些精氣的，是盈滿在他體內的精氣自然而然地向外滿溢出來。
他走了過來，步伐始終如一，稍微瞥了他們五個人和那兩具屍體一眼，便繼續往前走去，不發一語。
「等一下……」牙丸把血刃扛在肩上，擋住了他的去路。
男人這才停下腳步。
「你好臭。」牙丸故意挑釁。
「是嗎？」男人不以為意地喃喃自語。
「那到底是什麼味道？」
「我只是把魚的內臟和魚血抹在我穿的衣服上罷了。」
「什麼?!」
「為了不要讓女人靠近。」
「為什麼?!」

⓫約一百八十公分。

「因為會妨礙修行。」

聽男人說完，不只是牙丸，在場的所有男性全都捧腹大笑了起來。

「就算不用這麼做，女人也不會主動靠近你的啦！」

「既然你是武士，女人隨你愛怎麼玩就怎麼玩，玩膩之後看是要賣到妓院去，還是乾脆殺掉埋起來就好啦！」

「這麼一來，根本不會妨礙到修行啊！」

「更何況，在被搞之前就先自盡的女人也是有啊！」那群人你一言、我一語地說道。

武士一句話也不說，就只是沉默著，繼續往前走。

牙丸把刀插在男人跟前的地面上說道：「走之前先把你腰上那兩把劍和值錢的東西留下來再走，至於你身上穿的那件衣服就不必了。」

「會打這種深山小徑走過的人，想必也不是什麼太正經的人物。」

「像你這樣的人，身上肯定都帶著不少錢吧？我們是專門幹這種營生的，這方面的嗅覺可靈敏得很。」牙丸、音吉和安吉輪番說道。

就在這個時候——

「我勸你們還是趕快收手吧！」聲音是從頭上傳來的，「這個男人很強喔！」語氣甚是開朗，跟躺著兩具屍體的現場顯得格格不入。

男人們抬起頭來一看，只見岩石上站著一個男人，那是個魁梧得嚇人的彪形大漢。

散發出異臭的武士固然也很魁梧，但是那個男人居然比武士還要魁梧上兩號。

精壯的肉體宛如用岩石雕刻出來的，身高六尺五寸五分——大約兩公尺高。

皮膚的顏色宛如外國人般黝黑，嘴唇豐厚，令人無法抗拒的親切感掛在他豐厚的唇畔，雙肩宛如松樹的樹根般結實，從脖子兩旁延伸出來。

衣服的兩條袖子在肩頭的地方被硬生生地扯掉了。

所以宛如岩石一般堅硬的肩頭就這麼裸露在外。

腰上插著大小雙刀，背上還背著一把大劍，大劍的長度幾乎快要跟他的身高一樣了。

那並不是日本的刀，而是異國的劍。

讓視線越過那個男人右邊肩口，就可以看見那把劍的劍柄。

劍柄上有象牙雕刻，上頭還嵌著看起來像藍色土耳其石的石頭。

劍鞘似乎是用皮革和木頭製成的，上頭雕刻有螺鈿花紋的木製劍鞘外，包裹著一塊皮革。

男人用一條皮製的背帶將那把大劍揹在背上，劍鞘上的螺鈿花紋已經剝落了大半，看來這個男人的動作十分粗魯。

「你是誰？」牙丸問那個男人。

「源九郎——我乃萬源九郎也！」

「你們是一夥的嗎？」

「算不算一夥，這很難說。要問認不認識的話，我們的確認識。」

源九郎轉向發出異臭的武士微微頷首。

那名武士——其實就是宮本武藏。

他們是為了追上前往飛驒的牡丹，才會沿著翻山越嶺的小徑來到這裡。
牡丹把舞帶走了。從黑鐵鬼身上轉移到才藏身上的那個東西，應該正在追查牡丹的下落。
拜黑鐵鬼在關所引起的騷動所賜，源九郎和武藏沒辦法堂堂正正的走在大馬路上，只好選擇需要翻山越嶺的小徑。
「我剛才口渴了，就到下面的小溪去喝水，沒想到追上來一看，就發現這邊似乎有好玩的事正要發生。而且這裡就有水了，根本不用特地跑到下面去嘛！」
源九郎用甚為悠哉的語氣說道。
「少、少囉嗦！」
音吉一面說，一面把劍握在右手，擺出隨時都可以拔劍出鞘的架式。
就在那一瞬間——
「嘿！」武藏把劍從腰間拔了出來，拔出來的瞬間，便水平一掃。
好快！好有魄力！
他的劍刃比一般的劍還要厚，劍幅也比較寬，而且很長。
與其說是劍，倒不如說是開山刀。
一般人就算有辦法單手握住，也不可能像他那樣自在揮舞。
武藏卻是輕而易舉地用一隻手握住，同時讓劍光一閃。
音吉也舉起右手，打算先下手為強，但是他準備舉起的右手卻不見蹤影。
音吉的右手在手腕和手肘之間中了一刀，被砍成兩段。

血水宛如湧泉，從他打算砍向武藏而往前伸出的手臂斷面傾瀉而出。
一切都發生在轉眼之間，就連音吉似乎也不知道自己的右手發生了什麼事。
「咦？」音吉凝視著失去手腕的右手好一會兒，接著再把視線移往左腰。
只見音吉的右手還握著尚未出鞘的劍柄，無力地垂在那裡。
「哇啊啊啊啊……」
音吉趕緊用左手按住右手，想要止住從斷臂不斷流失的血液。
只可惜，鮮血依舊從他按住斷臂的指縫間不斷泉湧而出。
「什、什什什、什麼……」
牙丸伸出雙手拔起插在地上的劍，一面不停後退，一面擺出備戰的姿勢。
「如果你還不想死的話，就把劍丟掉。」岩石上傳來源九郎的忠告。
或許是聽不到源九郎的忠告吧，牙丸一個勁兒亂揮手裡的劍，同時大喊：
「哇啊！哇啊！哇啊哇啊哇啊……」
武藏面向牙丸，踏出一步，慢條斯理地把劍高舉過頭。
令人難以置信的氣魄從武藏的全身上下滿溢出來。
「哎呀！哇啊……」
牙丸翻著白眼，把劍拿在頭上狂揮亂舞，看樣子是陷入了恐慌狀態，早已失去了平常心。
牙丸原本的劍術或許還不差，但現在卻比第一次拿劍的小孩還不如。
他這輩子肯定還沒有親眼見識過像武藏這麼具有壓倒性威力的對手。

武藏又往前踏出了一步，牙丸卻動彈不得。

當人遇到力量遠超過自己千百倍的對手時，或許都會像他這樣動彈不得吧！

「把劍丟掉！」即使源九郎再三忠告，牙丸依舊充耳不聞。

牙丸已經進入武藏的攻擊範圍內了。就在那一瞬間——

「喝！」武藏悠然從牙丸的正上方將那把開山刀似的劍往下一揮。

雖說現在淪為山賊，但牙丸原本應該也是一個武士吧，所以在這緊要關頭，他也把手裡的劍往頭上水平高舉，打算接下武藏由上砍下來的那一劍。

鏗鏘！

現場發出這樣的聲音，那是武藏的劍與牙丸用來保護自己頭部的劍互相撞擊的聲音。

武藏的劍並沒有直接砍在牙丸的頭上。砍在牙丸頭上的，是牙丸自己的劍。

當牙丸的劍鋒受到武藏的一擊時，那股前所未有的壓力讓牙丸的劍深深沒入自己的額頭之間，把頭蓋骨劈成兩半。

「哇啊啊啊啊！」

這下，牙丸又翻了白眼。

牙丸揮舞雙手，跳著奇妙的舞蹈，然後四腳朝天地倒在地上。

人都倒在地上了，牙丸的劍依舊文風不動地插在自己的腦門上。

安吉、新之助和三郎兵衛全都站在原地，一動也不動。不對，是動也不能動。

「咿呀……咿呀咿呀！」音吉依舊用左手按住自己的右手臂，他還是痛得滿地打滾。

「要走囉！」武藏靜靜把劍收回劍鞘裡，眼皮也沒抬，便朝源九郎吆喝一聲。

話都還沒有說完，腳步已經跨了出去。

源九郎從岩石上跳下來，朝三郎兵衛丟下一句：「看，我說得沒錯吧！」

他那巨大的身軀隨後便追上了武藏。

這時，那三個男人第一次注意到源九郎右手裡拿的東西，那是一把奇形怪狀，看起來很像鐵砲的東西。

只過了幾個眨眼的瞬間，武藏和源九郎的身影就相繼消失在森林裡，再也看不見了。

第二章 玄覺寺

1

壽泉以小跑步爬上位於玄覺寺後山森林中的小徑，祥雲所居住的外法寺就在那條小徑的盡頭。

壽泉沿著那條小徑往前跑的雙腿正微微顫抖著，為了壓抑那股震顫，壽泉不停往前邁開腳步。

響了。那根黃金金剛杵響了。

一旦響了，你就來通知我——祥雲之前是這麼吩咐他的。

問題是，金剛杵會怎麼響？

而且金剛杵又為什麼會響？

這些壽泉都不知道。

響了你就知道了——祥雲是這麼說的。

既然祥雲都這麼說了，壽泉也只有點頭答應的分，他是不能夠違背祥雲的。

自己到底為什麼會被這樣的男人看上呢？為什麼不是看上別人，偏偏是看上自己呢？

雖然壽泉一直叫自己不要想這個問題，但還是會忍不住去想。他詛咒著自己的不幸。

可是，那根金剛杵還真的響了……

就在他早上從事修行的時候。

在玄覺寺正殿的正面，安置著一座大日如來的坐像。雙手擺出智拳印⓬的印相，姿勢與一般的大日如來像無異。

放在旁邊的，是弘法大師——空海的坐像，那是一尊木製神像。握在弘法大師右手裡的，就是那根黃金金剛杵。

當時壽泉正在誦唸的經文是《理趣經》。

妙適清淨句是菩薩位……愛縛清淨句是菩薩位……

意思是指男女交合時所產生的那種妙不可言的歡愉，其實也就是菩薩的境界。

因愛而生，想要將對方五花大綁的束縛之心……或者是男女手腳交纏、互相擁抱的姿態，其實也就是菩薩的境界。

正當壽泉誦唸到這兩句經文時，突然聽見一個聲音。

嗡……嗡嗡嗡嗡……一開始聽到這個聲音的時候，壽泉還不知道那是什麼聲音。

不只是壽泉，所有修行中的僧侶也都不知道那是什麼聲音。

嗡……嗡嗡嗡嗡……那是非常低沉的聲音，不久後，那個聲音變得愈來愈高亢，其間還夾

⓬金剛界大日如來的印相。右拳代表佛界，左拳代表眾生界，以右手五指握住左手豎起的食指，代表「理智俱足，覺道圓滿，達到佛我合一的境界」。

雜其他聲音。

嗡……嗡嗡嗡嗡嗡……喀喀喀喀喀喀喀喀……空氣中似乎響起了兩種聲音。

壽泉心裡想到一個可能性，把目光轉向旁邊的弘法大師坐像。

「是、是那個嗎?!」壽泉不自覺停止唸經，發出了疑問。

因為握在弘法大師右手裡的黃金金剛杵正微微震動著，並發出共鳴的聲音。

嗡……那顯然是金剛杵本身震動所發出來的聲音。

至於「喀喀喀喀喀喀喀……」的聲音，則是震動著的金剛杵撞擊弘法大師木製掌心的聲音。

黃金金剛杵的確發出了聲音！

一思及此，壽泉立刻往外衝，所以現在才會在寺廟後面的山路上飛奔。

其他的僧侶們什麼也沒說，因為他們全都知道壽泉為什麼會衝出去，他們全都知道壽泉只是祥雲養的一條狗。

壽泉是去通知祥雲金剛杵響了，要是阻止他的話，祥雲的詛咒可能就會降臨在自己身上，只好由壽泉去了。

這時，壽泉正要趕往祥雲居住的外法寺。

外法寺並不是一座正式的寺廟。

七年前，祥雲決定在玄覺寺的後山落腳的時候，便自己親手搭建了一座小茅廬，放上自己雕刻的大日如來神像，還自作主張地取了一個寺廟的名稱。那便是外法寺的由來。

祥雲就住在這座外法寺裡。一靠近通往外法寺的山路，就可以聞到那股味道。烹煮狗肉的味道。

祥雲今天早上好像也吃了狗肉，壽泉感到一陣反胃。

一旦送上門去，免不了又得陪他吃那些狗肉了吧！

祥雲會用一根名為「鬼王丸」的橡木棍撲殺野狗。據說那根橡木棍原本是現在的三倍大，是他用石頭敲打才壓縮成現在的大小。上頭沾著無數狗血，散發出黝黑的光澤。很重。

雖然是木頭，但是把鬼王丸放進水裡也不會浮起來，反而會一路往下沉。

外法寺就近在眼前，茅廬周圍的樹上還掛著狗肉。

壽泉站在入口，聽見祥雲的呼喚：「你來啦！壽泉。」

「怎麼樣？響了對吧？」祥雲問道。

壽泉踏進徒有「外法寺」之名的茅廬裡，幾縷陽光從茅廬的縫隙間灑落進來。

裡頭安置著祥雲用菜刀雕刻的大日如來，前方有個地爐，地爐裡燃燒著火苗。

地爐上吊著一口鐵鍋，鍋子裡正煮著肉，發出「咕嘟咕嘟」的聲音。那是狗肉。

鍋子裡冒出了大量的蒸氣，使整間茅廬都充滿那鍋狗肉的味道。

斜照進來的幾縷陽光在地爐裡的煙霧和蒸氣的襯托下，看起來愈發清晰。

祥雲盤腿坐在地爐前，左手拿碗，右手拿筷子，正在啜飲碗裡的湯汁。

圓滾滾的巨大身軀縱然包裹在破破爛爛的袈裟底下，但沒有人知道他到底是不是和尚。

壽泉從來不覺得眼前的祥雲是和尚。

如果他真是個和尚，怎麼可能當著大日如來（雖然只是神像）的面，肆無忌憚地吃著自己親手撲殺的狗肉呢？

這個男人才不是什麼和尚，不對，就連人也稱不上，是妖怪！

自己……不對，是整個玄覺寺都被這個妖怪纏上了。

「是的，金剛杵響了。」壽泉站在沒有鋪設地板的泥土地上說道。

「我就說吧！」祥雲一面咀嚼嘴裡的東西，一面歪了歪肥厚的嘴唇笑道。

他露出一口黃板牙，隱約可見粉紅色的舌頭在那排黃板牙之間蠕動的樣子。

祥雲放下已經空無一物的碗，把筷子擱在碗上。

「昨天我終於達成萬匹殺生的目標了！」

祥雲把肥短的手指探進嘴巴裡，用髒兮兮的指甲摳摳卡在齒縫裡的穢物。

「我剛剛吃進去的，就是第一萬隻狗。」腥羶的氣息，彷彿從祥雲口中直撲壽泉臉上。

祥雲口中的萬匹殺生，指的是殺死一萬隻同樣的生物。

吃完牠們的肉，進而許下心願的行為。

對象也可以是蒼蠅、蛇或鳥，只要殺死一萬隻，吃進肚子裡即可。

壽泉從來沒聽說過世上有這種許願的方法，全都是祥雲的片面之詞。

就算真有這種手法好了，那與其說是許願，還不如說是下咒，是一種妖法。

就算真的一天殺死一頭動物，也要花上二十七年的時間。

要是一天不殺死十頭以上的話，根本很難達成萬匹殺生的目標。

話說回來，祥雲到底花了多久的時間在做這件事？

「所以我就想，最近一定會響的。」祥雲說道。

「接下來……」祥雲雙手在胸前交疊，歪歪頭，似乎在思考什麼問題似的沉默不語。

自己的任務已經完成了——壽泉忍不住這麼想，他剛好可以乘祥雲沉默不語的空檔離開這個鬼地方。

壽泉小心翼翼轉過身去背對著祥雲，正要跨出腳步的時候——

「等一下。」背後傳來祥雲的呼叫聲。

怎麼了？還有什麼事？該不會又要他把鍋子裡的狗肉吃掉吧？

壽泉拚命忍住大叫逃跑的衝動，回過頭來看祥雲。

「有件事要交給你去辦。」

什麼事？

祥雲肥厚的唇畔浮現出一抹不懷好意的笑容。

到底又要他做什麼？

「金剛杵響了，就表示那個快要來了……」祥雲喃喃自語地說道。

「那個快要來了？」

「嗯。」

「什麼東西快要來了？」

「不知道。」

「不知道？」

「但是一定會來的。」祥雲一口咬定，「等他來了，一定要通知我喔！」
「只、只要告訴你有人來了就可以了嗎？」
「等他來了，你就知道了。」
「……」
「不行，光在這邊等候通知，可能會來不及也說不定呢！」
「……」
「可以把那根金剛杵暫時交給我保管嗎？」
「交、交給你？」
那根黃金的金剛杵可是鎮寺之寶啊！怎麼可能隨隨便便交給別人保管。
「可是這麼一來的話，事情又會變得很複雜呢……有了，就這麼辦吧！」
「就怎麼辦？」
「從今天起，我要睡在玄覺寺的正殿裡。」祥雲說道。

2

「就是這樣，祥雲大人從今夜起要睡在本寺的正殿裡……」
以上這句話是由玄覺寺的住持寒水向大家宣布的。
寒水的左眼上蓋著一只黑色的眼罩。
「還請大家多多指教啊！」

說出這句話的則是祥雲，聲音低沉、渾厚。

也許是他的音質正好跟這個正殿的磁場相近吧，他只用一般音量說話，但在經過建築物的共鳴後，反而傳得很遠。

讓人聽了以後，不禁有「難道是安置在中央的大日如來在說話」的錯覺。

聽到他這麼一說，寒水頓時不知道該怎麼接話。

剩下那隻還能視物的右眼，明顯流露出恐懼的神色。

以前，他曾經親自前往外法寺，對祥雲的所作所為提出抗議，結果在回去的路上摔一跤，被掉落在地上的樹枝刺瞎了左眼。

從此以後，他就變成獨眼龍了。

寒水認為那是祥雲幹的好事。

因為他回去的時候，祥雲曾經說過類似「如果您不想變成琵琶手的話，回去的時候請一定要小心走好啊！要是眼睛或哪裡受了傷，以後可就麻煩囉！」這樣的話。

變成琵琶手，其實就意味著變成瞎子。

祥雲是在威脅他——小心變成彈奏琵琶的盲僧。

話說回來，祥雲既沒有從寒水的背後推他，害他摔跤，也沒有拿著樹枝刺進他的眼睛裡。

是寒水自己跌倒，自己讓樹枝刺進眼睛裡的。

儘管如此，寺裡的僧眾無不認為那是祥雲搞的鬼。

就連現在坐在寒水旁邊的壽泉也是這麼想的。

大家沒意見吧？祥雲都這麼問了，還有誰敢有意見。

和祥雲面對面坐著的，是寒水和壽泉二人。

祥雲穿著一襲不知道打哪兒弄來的山伏⑬裝束。

頭上綁著兜巾⑭，身上穿著不動袈裟，把法螺貝放在地板上，左手還煞有介事地拿著一串念珠。

放在法螺貝旁邊的，是有如鐵塊般重的「鬼王丸」——長約三尺半的橡木棍。

握柄的地方差不多有一個小孩的手腕那麼粗，前端則像大人的手腕那麼粗。

「鬼王丸」上沾滿了死於其棍下的狗血和脂肪，散發出黑亮的光澤。

在正常的情況下，那根本不是應該出現在寺廟裡的東西。

只不過，如今的寒水再也沒有勇氣違抗祥雲了。

「佛祖本來就是對萬物眾生一視同仁的……」

寒水簡直像在跟自己說話似的喃喃低語：「無論前來參拜的是什麼人，佛祖都不會拒絕的。如果有燕子在屋簷下築巢，就允許燕子在屋簷下築巢；如果有蟲飛過來，佛祖也不會把牠趕走。」

那並不是寒水自己的意見，寒水只是照本宣科地轉述佛諭罷了。

言下之意其實是——隨便你愛怎麼樣就怎麼樣吧！

因為「歡迎」這兩個字打死他也說不出口，只好換個方式表達，把祥雲比喻成鳥啊蟲的，只不過是寒水微不足道的抵抗罷了。

「所以你是答應囉？」祥雲一笑，彷彿看穿了寒水的心思。

「那麼……」

祥雲站了起來，身長五尺八寸，體重約三十貫。

換算成現代的單位，相當於身高一七六公分，體重一百零二公斤有餘。

就當時來說，可以說是非常驚人的噸位。

祥雲把法螺貝留在地上，右手握住鬼王丸。

握柄的地方有一道刻痕，一條皮繩沿著那刻痕纏繞其上。

「那就這麼說定囉！」祥雲順手揮了一下鬼王丸，空氣中傳來「咻」的一聲。

「作為謝禮，我想給你一個忠告……」祥雲居高臨下地看著寒水說。

「什、什麼忠告？」

「你最好小心一點。」聽到祥雲這麼一警告，寒水和壽泉都打了一個冷顫。

「如果有什麼貴重的東西，最好先拿出去外面，找地方借放比較好喔……」

「為、為什麼？」

「總是有原因的吧！老實說，最好的作法是現在就趕緊把包袱收一收，一起離開玄覺寺。但是在什麼事情都還沒有發生的情況下，實在不能這麼做對吧？不過奉勸各位還是先做好隨時都可

⑬指住在山裡修行的僧侶。

⑭指山伏戴的帽子。

以逃走的準備，方為上策……」

「隨時是什麼時候？」

「什麼時候啊？我也不知道呢！肯定就是最近了，那傢伙最近一定會來的。」

「那、那傢伙?!」

「那傢伙，可不見得是人類喔……」祥雲笑了笑，又揮了一下鬼王丸。

咻！那撕裂空氣的聲音再度響起。

第三章　八幡的妖怪

1

「被我看到囉……」毒蛇平二以低沉的嗓音說道。

「就是那個男的嗎？」在一旁附和的是千手源八。

這兩個人打扮成出外經商的旅人，但其實都是伊賀的忍者，是服部半藏手下的下級忍者。

他們兩人在郡上八幡，那是飛驒道上最大的城鎮，帶有京都風格的事物在那裡隨處可見。

沿著匯入飛驒川的吉田川，兩岸有一整排的街道，以及鱗次櫛比的旅店與商家。

在熙來攘往的人群之中，有個彎腰駝背、踽踽獨行的男人。

男人打扮成行旅模樣，年約四十出頭。

似乎在找什麼人的他，逐一端詳來往行人的臉，不時問上兩句話，一旦經過旅店，還會進去跟投宿的客人攀談上一陣子。

那個男人的右肩上，大約五到六寸的地方，飄浮著一顆圓球。似乎沒有任何支撐的東西。

但差不多有小孩頭部大小的圓球就這麼浮在半空中，亦步亦趨地配合著男人的動作。

來來往往的行人總會先看看那個男人，然後再望向浮在半空中的圓球，露出不可思議的表情。

只不過，沒有半個人主動提問：「那是什麼東西……」

因為男人似乎毫不在意懸浮在自己肩膀上的圓球，彷彿一切都是再自然也不過的現象。

「那是真田的才藏……」平二說道：「不會錯的。」

「嗯。」源八在一旁點頭附和，並問平二：「要通知破顏坊大人嗎？」

「再等一下……」

「為什麼？」

「聽說破顏坊最近好像在檯面下搞了一些小動作，不曉得在打什麼鬼主意，也不讓江戶那邊的人知道。」

「這我也有聽說。」

「才藏那傢伙，目前看來應該還沒有注意到我們。」

「應該沒有。」

「不如我們先把他抓起來，或許就有辦法知道這陣子在飛驒道上到底發生什麼事了。」

「有道理。」

「我們在這裡動手，上頭就算怪罪下來應該也不會太嚴重。萬一失敗了，也有理由在半藏大人和破顏坊大人面前開脫……」

「那就上吧！」

「嗯。」

2

那個男人低著頭從旅店走了出來。

「既然如此，我就再到別的地方問問看吧！」

男人朝店裡的人頷首致意之後便往外走，那顆圓球還懸浮在他的右肩上。

男人接著走進另一家酒舖，然後又走了出來，不知不覺已經來到城鎮的邊角了。

右手邊可以看到潺潺流過的吉田川，淺灘的面積並不大。

清流一面潺湲流過，一面沿河岸勾勒出幾道鮮豔的綠色曲線。

男人走在堤防上，走著走著，好像突然想到什麼似的，開始順著堤防往下走。

他走到淺灘上，撥開草叢，再一路走到河岸上，在那裡跪下去，用手掬起河裡的水喝了起來。

就在男人的喉結上下移動兩、三次之後……

「你就是真田的才藏吧！」有個聲音從男人背後的草叢裡傳來。

男人一個轉身，背對河岸站了起來，前方草叢裡站著一個男人，是毒蛇平二。

「才藏？」男人露出困惑的表情，往右移動，踏出一步、兩步。

「你是不是認錯人了？」

男人正要跨出第三步時，千手源八突然從他腳邊的草叢裡冒了出來，男人停下了腳步。

「少給我在那邊裝瘋賣傻，你那一身打扮、行走方式，分明就是個忍者。」平二說道。

「我們還要感謝你自己下到這個淺灘來呢！」源八說道。

「哎呀！你們認錯人了，我並不是什麼才藏，而是一家叫辰巳屋……」

男人話還沒說完，平二的右手就先動了，他從懷裡取出某樣東西，扔向那個男人。

一條細長、宛如繩子一般的影子便在空中拉出一道拋物線。

男人用右手把那個東西揮開，但是那條宛如繩子般的東西不但沒有落地，反而纏住男人的右手。

原來是一條蝮蛇！蝮蛇一口咬在男人的右手腕上。

「痛痛痛！」看男人的動作，他好像是想伸出左手把咬住右手腕的蝮蛇弄下來。

但是，男人的左手無法抓住那條蝮蛇。

因為男人根本沒有左手，男人的左手有半條手臂不見了。

「哇啊！」

男人只好張嘴去咬囓住自己右手腕不放的蛇頭，硬生生用嘴巴把蝮蛇從右手腕上扯下來。再用右手握住蝮蛇的尾巴，把蛇頭咬掉，然後「呸」一聲，把蛇頭吐掉。從男人的右手中垂下的蛇尾巴還在掙扎個不停。

「你被咬了吧？」毒蛇平二說道：「等到蛇毒蔓延全身，你就死定了。」

平二從懷裡拿出一個小紙包，用兩根手指頭捏起來：「你瞧，這是解毒藥，只要服下這個就能得救了。」

「是喔。」男人把右手裡的半截蝮蛇扔進河裡。

「就算你想要把解藥搶過去，蛇毒也會先蔓延全身，讓你動彈不得。」平二笑著說。

「開什麼玩笑……」男人說道，嘴唇的左右兩端往上勾勒出一個大大的弧度，態度跟剛才判若兩人。

「以為是你們先發現我的嗎？不，是我設計引你們上鉤的，所以我才故意做那些引人側目的事啊。」

「你說什麼？」

「看著。」

男人伸出右手，手腕上有兩個被蝮蛇咬傷的痕跡，怵目驚心。

兩個傷口上各自冒出一個顏色黝黑的血腫。

「那、那是什麼鬼東西？」千手源八問道。

「不就是蛇毒嗎？」男人用剩下半截的左臂抹去葡萄那麼大的血腫。

血腫被抹去之後，原先被蛇咬到的地方就沒有半點傷痕了。

那個男人的臉和身體都是如假包換的霧隱才藏——真田陣營的忍者。

只不過，現在在他身上的，是原本寄宿在「黑鐵鬼」體內、來自宇宙的東西，名為拉荷荷。

「你們也在打探舞的下落對吧？」才藏——拉荷荷說道。

這話只對了一半，平二和源八的確是受江戶的服部半藏之命，前來查探破顏坊動靜的忍者。

因為他多次要刺殺豐臣秀賴的女兒——也就是舞，卻都失敗了。

他是不是在心裡還有什麼別的盤算？他們的目的就是要查清楚這件事情。

只不過，任務歸任務，如果中途有機會可以殺掉舞，他們當然也不會放過。

「不用擔心，我也是要來殺舞的。」

「你說什麼?!」源八說道。

真田的才藏怎麼會說出這樣的話來？

他明明應該要保護舞的呀，背後是不是另有什麼隱情？

「所以我才要把舞找出來，你們知道她在什麼地方嗎？她應該是跟一個穿著繡有牡丹圖案的小袖，名叫牡丹的男人在一起。」

源八和平二無言地交換了一個眼神，不知道要怎麼看待拉荷荷這番話。

「他們應該是要前往飛驒高山，你們有看到嗎？」

「飛驒高山？」

「有印象嗎？」

「沒印象，就算有也不會告訴你。」毒蛇平二說道。

「你該不會是想用這種爛理由騙我們說出舞的下落吧？這種一目了然的謊話還是不要說出來丟人了。」源八說道。

「看樣子你們是真的不知道。」拉荷荷喃喃自語。

「那我換個方式問好了，有個叫姬夜叉的女人，你們知道她在什麼地方嗎？」

「什麼?!」平二偷偷摸摸地把右手伸進口袋裡。

「看你們的表情似乎是知道囉！」

「誰要告訴你！」
平二的右手一動，一枚閃著銀光的金屬便從平二手中飛向拉荷荷的頭部。
拉荷荷把身體蹲低，避開了那枚金屬。
就在這個時候，源八已經躍到半空中！
他的雙手握著短劍，在身體往下掉的同時，用那把劍朝拉荷荷的頭部砍下。
鏗鏘！
拉荷荷用右手拔出腰間的劍，撥開了源八的短劍。
就在他以為自己已經擋掉對方攻擊的瞬間，源八的懷裡又刺出一把短劍。
那把劍居然是握在源八的第三隻手裡。
「哦？」
拉荷荷用左臂接下了那一招，那一劍深深刺入手肘上方的肌肉裡。
源八往後縱身一躍，站在草地上，雙手握著劍，劍尖對準才藏——也就是拉荷荷。
源八的腹部右側多長了一隻右手，而且還從懷裡伸出來，那模樣說有多詭異就有多詭異。
那第三隻手裡還握著一把短刀。
「原來是這麼回事啊！」拉荷荷說道。
「我生來就這樣了。」源八說：「你現在知道我千手源八的厲害了吧？」
「太多餘了。」
「什麼？」

「那條手臂，太多餘了。」鮮血從拉荷荷——也就是才藏的左臂不斷滴落到草地上。

然而，就在他們交談的過程中，滴落的血愈來愈少，最後竟然止住了。

「你的手……」

「已經好了。」拉荷荷不疾不徐地往前跨出一步。

「我本來想留你活口的，但現在可不會手下留情囉！」源八說道。

「沒關係，我會對你手下留情的。」拉荷荷借才藏的嘴巴說道。

拉荷荷用左手腕的前端碰了一下飄浮在左肩頭的球體，那顆球體便移動到拉荷荷面前，停在他胸口高度的位置。

拉荷荷繼續用手腕的前端不停碰觸那個球體的表面，他每碰一下，那球體的形狀就會改變一次。

「你在做什麼？」平二問道。

「不好意思，我可沒說要對你手下留情。」

「什麼？」

「因為你的對手是這傢伙。」拉荷荷停下左手腕的動作，說道。

球體一點一點膨脹變大，往垂直的方向伸展，變成一個橢圓的蛋形，同時也從空中開始往下降，最下面的部分接觸到地面後，形成立勢。

接觸到地面的部分是蛋形比較尖的部分，比較圓的部分在上面，球體還在繼續改變著形狀。

上半部又冒出另一個小小的突起了，那個突起也開始一點一點變大。

同時，下半部分成兩半，各伸出一根棒狀的東西。不對，是蛋形的部分在往上升。蛋形的部分往上升，那兩根棒狀的東西也愈變愈長了。

蛋形的兩側果然又一左一右長出兩根棒狀的東西。

那到底是什麼機關呢？外表看起來像是金屬。

因為會發光，所以很難判斷它到底是黑色還是白色，表面非常平滑光亮，映照出周圍的風景。

話說回來，那顆圓球的大小原本只有小孩子的頭那麼大，不管裡頭藏著什麼機關，都不太可能變得像現在這麼大吧？

平二和源八不約而同停止攻擊，屏氣凝神，等著看這個奇妙的東西接下來又會變成什麼樣的形狀。

無法把視線移開，那個東西就矗立在眼前。

「人嗎？」平二宛如喃喃自語，聲音像是在呻吟。

「是人形耶！」源八說道。

站在他們面前的那個東西，有人類的形狀。上面膨脹突起的圓形是人頭，兩側長出來的東西是手，下面伸出來的東西是腳，雖然沒有眼睛，但是有疑似鼻子的東西。

那個東西似乎是面向平二的方向，用兩隻腳站在草地上。

「小心一點喔，至少蛇毒對這傢伙是起不了作用的。」拉荷荷朝平二丟下這麼一句，重新面向源八說道：「你的對手，是我。」

3

平二站在原地不動，注視著那個東西。

自己和源八都不由自主地緊盯著那個球體變化的過程，從頭看到它變成如今站在眼前的這個人形為止。

有生以來看過最奇怪的東西……這傢伙到底要怎麼當自己的對手呢？

那個東西似乎正用它那沒有眼睛的臉朝向平二，直盯著這邊看。

平二略略把重心放低，結果——那個東西也學平二略略把重心放低。

平二握住腰間的小刀，稍微拔出幾寸。那個東西於是也把右手伸向腰部一帶，動作比平二慢了大約半拍。

看樣子它是在模仿平二的動作。

平二拔出小刀。那個東西也將它原本放在腰際、沒有指頭的右手移開，彷彿在拔一把無形的刀。

就在這個時候，不可思議的事情發生了。

一開始，平二還以為是那個東西拔了刀。

那個東西的拳頭本來應該已經離開腰了，此時他卻看見兩者之間有一塊金屬相連，那金屬宛如白刃一般散發著光芒。那個東西的身上明明就沒有佩帶刀劍之類的武器，有個類似白刃的東西卻從它的右手伸了出來，簡直像是原本就藏在體內的。

不對，仔細一看，應該說是那個東西往前伸的右手前端逐漸變得像刀刃了。

和平二一樣，那個東西拔出那把不可思議的刀，擺出備戰的姿勢。和平二一樣的姿勢。

平二把小刀拿在右手，水平舉到肩膀的高度，把刀刃朝向對方。那個東西也擺出同樣的姿勢。

「這是?!」平二只猶豫了一瞬間，馬上就發出「嘿呀」的尖銳叫聲。

跨出去的同時，朝那個東西疑似握著刀子的右手腕砍去。

往前伸出去的右手腕是最靠近對手的部位，很容易成為對手的攻擊目標。

硬要說的話，這也可以說是這種姿勢的缺點。

平二很明白擺出這種姿勢的時候，右手腕若遭受到攻擊的時候應該如何因應。

他知道該怎麼避開對方的攻擊，也知道避開之後要怎麼反擊回去。

但是這個人形知道這麼多嗎？

看招！

平二的刀砍在人形的右手腕上，如果是人類吃下這一擊，手腕肯定會被砍成兩段。

然而，那個人形的手腕卻沒有被砍成兩段。

刀刃至少在人形的右手腕上淺淺劃下一刀了吧——平二是這麼想的。

但事實卻不是這麼回事，被刀刃砍到的地方只有淺淺凹陷，事實上，刀刃根本就沒有砍進那個東西的肉裡。

那是一種無法形容的奇妙觸感。

他原本以為那是金屬，但並不是。如果是金屬，砍下去還會彈回來。問題是，那個東西根本沒有金屬的硬度。

就算真的是金屬，也是具有彈性的金屬。

「可惡！」平二把刀收回來，再度擺出先前的姿勢。

就在那一瞬間，那個人形瞄準平二的右手腕，發動了同樣的攻擊，彷彿是在模仿平二。

平二驚險閃過，他一邊閃，一邊往右移動，一刀砍向那個東西的脖子。

砍不斷！雖然有砍到，但是刀刃就是切不進去。

下一瞬間，平二大大往後跳開，因為他知道對方的下一波攻擊將會是什麼。

它一樣會瞄準自己的脖子……他猜得一點也沒錯，就像平二剛才那樣，那個人形也一刀砍向平二的脖子。

平二露出嗤之以鼻的一笑，那個人形固然令人膽戰心驚，但如果對方的攻擊全都是模仿自己之前攻擊的模式，那要避開也就不難了。

「嘿！」

「哈！」

平二一刀砍過去，對方也發動同樣的攻擊，同樣又被平二閃開。

在重複幾次你來我往的攻防戰之後，人形的動作開始產生了變化。

平二內心一驚，因為他看出那個東西在短短幾次的攻防之中，已經學會了劍法。

平二所使出的招式，它只要模仿過一次之後，就能自在使出，動作也變得愈來愈快。

不僅如此，那個東西一旦接過某招，那招式之後就不會再管用了。

很明顯地，在這場短短的打鬥中，那個人形已經變得愈來愈強大。

平二開始上氣不接下氣，並不是因為疲累，而是因為那個東西實在太詭異了，害他的呼吸徹底失去節奏。

他參不透對手的表情，如果是人類的話，一定會有表情。

透過表情，可以猜出對方是在害怕，還是在生氣，也可以猜出下一步會做出什麼樣的攻擊。

問題是，那個東西並沒有表情。

頭上只有一個看來像是鼻子的部分，既沒有眼睛，也沒有嘴巴，更沒有耳朵。

這樣是要如何判讀對方的表情呢？

「喂！還沒好嗎？」聲音是從旁邊傳來的。

原來是才藏，他正坐在淺灘的石頭上，好整以暇地欣賞平二和人形過招。

「我這邊已經搞定了喔！」

源八就倒在才藏坐著的岩石旁邊。

還活著嗎？還是已經死掉了呢？

可惜平二並沒有時間去確認源八的生死，因為人形接二連三地對他發動攻擊。

人形怪物一開始是模仿平二的招式，但現在它出劍已經比平二還要凌厲了。

這傢伙，到底能快到什麼地步？進步到什麼地步呢？

平二光是要抵禦他的攻擊，就已經快要不行了。

再這樣下去的話，被對方砍死也只是遲早的問題，只能逃跑了。

但是，要怎麼做才能逃得掉呢？只能賭一把了！
問題是，這一把可能要連命都賭上去。
左手上臂又被砍了一刀，留下一道深可見骨的傷口，已經沒有時間猶豫了！
平二下定決心，調整一下呼吸。
「嘿呀！」他把握在右手的刀扔了出去。
那人形用自己的劍打掉從空中射過來的刀子。
只不過，平二並沒有看到這一幕。
因為他在把刀子扔出去的瞬間，就轉身背對著人形，跳到正前方的河岸巨石上了。
右腳使勁在巨石上一蹬，朝著吉田川的激流一躍而下。「哇啊啊！」
平二的身體從岩石上往河裡縱身而下的時候，那人形也已經逼近到他的背後了。
因為人形在把刀揮開後，也跳向了那塊岩石，動作只比平二慢了一拍。
平二剛跳下去，人形就已經跳到那塊岩石上站定了。
一踏上那塊岩石，立刻把劍往下揮。
逃脫了嗎？平二心裡掠過這疑問時，他的身體還掛在半空中。
下一瞬間，平二聽見背後傳來「咻」的風聲。
背的左側被割開來了，從肩胛骨到肋骨的後側，乾脆俐落地一刀劃開，傷口深達肺部。
平二重重摔進水裡，發出「撲通」一聲巨響。
清澈的藍色水面一下子就被鮮血染成一片朱紅。

河水灌進平二的肺裡，不是從嘴巴灌進去，而是從背部的傷口灌進去的。

4

人形從岩石上下來，走到才藏的面前。

才藏也站了起來，用右手指尖按了一下站在自己面前的人形的頭部，接著是腹部、腰部、肩膀……

每碰一下，人形就改變一下形狀，最後終於恢復成原本的球狀，落在河岸上的岩石堆裡。

才藏又在那顆球狀的東西上按了兩、三下，那個東西就再度輕飄飄地浮了起來，浮到才藏左肩上七、八寸的地方才靜止不動。

「接下來……」才藏居高臨下望著倒在自己腳邊的源八。

源八朝向天空的胸膛還在上下起伏，看來他似乎還活著。

「你的三條手臂，有一條是多的呢……」

就在才藏這麼喃喃自語的同時，源八微微張開了眼睛。

看樣子，在這之前他只是昏了過去，如今又醒了過來。

才藏突然用握在右手的刀砍下自己的左臂，這次砍的地方比先前砍的位置還要高，靠近手肘。

「你、你在幹嘛？」源八仰望上方，眼裡充滿了驚懼之色。

「你的左臂我收下了。」才藏把右手的劍往下一揮，切下了源八的左臂——手肘以下的地方。

「唔！」源八發出了近似悲鳴的慘叫聲。

才藏把刀收回腰間的劍鞘，撿起剛用右手砍下來的源八左臂。

「是這裡嗎？」才藏把源八左臂的切口對準自己的斷臂貼了上去。「是這裡嗎？還是這裡呢……」才藏調整著手臂的角度，讓切口與切口密合。

「啊！是這裡。」接下來，他耐心地等待。

一次呼吸的時間……兩次呼吸的時間……才藏慢慢把手放開。

那截斷臂並沒有掉下來，才藏居然把源八的斷臂接到自己失去半條手臂的左手上了。

「好啦！接下來就讓我好好地問你幾個問題吧……」才藏咧嘴一笑。

第四章　獨眼龍

1

長良川。有個武士正蹲在河岸的石頭上，用拿在右手裡的竹筒汲水喝。

年紀看上去大約是三十出頭，膚色淺黑。

拿著竹筒的右手到手肘的部分露了出來，看得出手臂上的肌肉十分結實，手腕挺纖細的，但手腕到手肘的肌肉突然隆起，很結實。

只有一隻眼睛，右眼上覆蓋一片刀鍔，以一條繩子繞在頭上，在後腦勺打了個結。在刀鍔的上下兩側都還看得見明顯的刀傷，看樣子是被人從額頭到臉頰狠狠劃了一刀。

真是怵目驚心的傷痕。然而，看得見的那隻左眼卻投出令人意外的柔和目光。

柳生十兵衛三嚴——

目前將軍家的御用劍術指導有兩個流派。

分別是小野二郎右衛門的小野派一刀流，以及柳生宗矩的柳生新陰流。

十兵衛正是柳生宗矩的嫡子。

如今這柳生十兵衛正蹲在河岸的石頭上飲水，還有一個打扮成旅人模樣的女子站在他身邊。

年紀大約剛滿二十歲吧！身材十分苗條，但胸口和腰下方卻飽滿的鼓起。她凝視著十兵衛的眼睛微微瞇了起來。看來，她光是看到這個男人津津有味地喝著水的樣子就會覺得高興了。

一隻紅蜻蜓停在十兵衛的頭上。

十兵衛把竹筒拿離開嘴邊，朝女子開口：「萩，喝完了。」十兵衛把竹筒倒過來，在女子面前作勢搖了兩下。

「我再去幫你打水來吧！」被喚作萩的女子，伸出手去握住了那個竹筒。

但此時，女子的手停在半空中，動也不能動。因為女子才剛接過竹筒，她的手就被十兵衛剛剛用來握竹筒的右手抓住了。

「要不要在這裡抱一下？」十兵衛說道。

「別開玩笑了，太陽都還沒下山呢！」

「難得我們兩個都下到河岸上了嘛！」

「有人在看呢！」萩說得沒錯，下游方向的岩石上，有個扛著鐵鍬的老農民正蹲在那裡。

在他們沿著長良川前往郡上八幡的路上，十兵衛說他口渴，兩人便下到下面的河岸上來。在那個時候，那個老農民就已經在那裡了。

「我們還沒追上武藏呢！請再忍耐一下……」

「多虧本大爺發現我們差點被武藏騙進中仙道，現在才能繼續追在武藏的身後呢。要是一直被蒙在鼓裡的話，現在都不知道已經被帶到哪裡去了！」

萩輕輕轉動一下手腕，不著痕跡地把十兵衛的手甩開。
紅蜻蜓悠然地從十兵衛的頭上飛起來，逃開了。
萩走到水邊，蹲下來正準備用竹筒汲水的時候，動作突然停了下來。
「十兵衛大人……」萩出聲喚道。
「怎麼啦？」十兵衛站了起來。
「有人……」
十兵衛順著萩的視線看過去，果然看到有個人從上游漂了過來。
那個人仰躺在水面上，從河流的中央略微靠近岸邊的地方朝這個方向漂了過來。
十兵衛踏進河裡，一路走到下半身全部沒入水中才停下來。他抓住那個人的領子，把他往岸邊拉。
將那個人拉上岸之後，才發現那個人的背上被劃開一道長長的傷口，可以看到粉紅色的肉和白色的骨頭。
已經不再有血從傷口湧出了，可能所有的血都已經流光了吧！
十兵衛讓那個男人仰躺在河岸上。
就在這個時候——一個咖啡色的長條狀物體，從那個男人的懷裡爬了出來。
是一條蝮蛇。只見那條蝮蛇鑽進石頭縫間逃之夭夭。
十兵衛不理那條蛇，簡短地說：「還有一口氣……」雖然那個男人幾乎已與屍體無異，不過還算是一息尚存。

「才、才藏他……」只見那個男人閉著眼睛，奄奄一息地說道：「他、他的肩膀上浮著一個圓形的東西……被他一碰，那、那顆圓球……就變成一個、一個妖、妖異的……機關人形……」男人說到這裡，聲音和呼吸全都戛然而止了。

「他到底在說什麼？」萩問十兵衛。

「這個嘛……」

就在十兵衛伸手摸了摸下巴的時候，背後傳來一個呼叫聲：「喂！」

十兵衛和萩回頭一看，發現之前一直蹲在下游岩石上的老農民，此刻就站在他們的身後，穿著一身農民的山間勞作服，肩膀上扛著握在右手裡的鐵鍬。

十兵衛站了起來，往後退了一步。因為他從那個老百姓身上感受到一股奇妙的氣息……不對，正確地說，應該是什麼都沒感受到。

那個百姓從下游的岩石移動到他們的後方站定的過程中，十兵衛完全沒有感受到他的氣息。一般來說，如果有人走到自己的後方站定，十兵衛應該都會注意到才對。但這次他卻什麼都沒有感受到。

看樣子，這個農民似乎十分善於隱藏自己的氣息。

不管是什麼樣的人，只要活在這個世界上，身上都會散發出一股名為生氣的東西，但是從那個百姓身上卻感受不到那樣的氣。

人都像這樣站在面前了，卻還是感受不到。更奇怪的是，他為什麼會在這種地方扛著一把鐵鍬呢？

看起來也不像是剛下完田要回家，更何況，在這樣的河岸上哪來的田可以耕作？

「剛才那個男人說了什麼？」那個百姓問道。

腔調非常奇怪，說話方式沒有任何抑揚頓挫，聽起來一點感情都沒有，遣詞用字也不太對勁，那並不是百姓對武士該有的說話方式。

臉色怪怪的，感覺不到皮膚底下有血在流。膚色乍看之下雖然正常，但是整張臉的顏色卻毫無變化，感覺上好像從頭到腳的膚色都一模一樣。一般人至少會有一些細微的斑點或日曬的痕跡等等，不同的身體部位會有不同的膚色。

別說什麼氣息了，他的肉體完全沒有絲毫生氣。唯一感受得到些許生氣的，只有他的眼睛。

「這個嘛……」十兵衛打算先打一下迷糊仗，他還記得那個男人臨死之前說了些什麼。

男人一開始是說：「才、才藏他……」

說到名叫才藏的人物，十兵衛只認識一個，而且昨天才見過。

假扮成武藏、幫助武藏甩開他們跟蹤的那個男人，名字就叫作才藏。這個男人口中的才藏，跟他見過的那個才藏會是同一個人物嗎？

就算是好了。這男人看起來只是個行旅商人，才藏也不是這樣的人可以輕易見識到的人物吧。

才藏可是個忍者呢！他不認為區區商人會知道忍者才藏的大名。

除此之外，當他把那個男人拖上岸的時候，他懷裡爬出了一條蛇。這件事也很奇怪。

蛇的確是會游泳沒錯，但那蝮蛇總不可能過河過到一半，剛好遇到順流而下的這個男人，又剛好鑽進他的懷裡吧，這很難想像。

那個男人，恐怕也是個忍者吧。

他基於某些理由，在這條河的上游跟某個人決鬥，被砍了一刀，掉進河裡……如果要讓他跟那個才藏扯上關係，就只能這麼想了，沒有其他的可能性。

「是嗎？我的確聽到什麼才藏的肩膀上浮著一個圓形的東西還有機關人形什麼的……」

「你都聽見了嘛！」

「聽見了啊你叫作十兵衛對吧？」

「那你呢？」

「我嘛……」那個穿著農作服的男人停頓了一下，似乎在回想著什麼，之後他說道：「彌太八我有事想要問你這小子……」那個自稱是彌太八的男人毫不客氣地直呼十兵衛「你這小子」。

「什麼事？」

「你認識那個死掉的男人嗎？」

「不認識。」

「騙人的吧？」

「我騙你幹嘛？」

「因為你在看到那個男人的時候多流了一滴汗……」

「一滴汗？」十兵衛又往後退了半步。

「我光聞味道就知道你現在也多流了一滴汗……」

「萩，」十兵衛壓低了聲音喚道：「退後一點，我看不出這傢伙葫蘆裡在賣什麼膏藥。」

仔細一看，十兵衛的額頭上確實開始浮現出一顆顆細小的汗珠了。

因為他感覺不到彌太八的氣息，這是一種非常不舒服的感覺。

萩往後退了兩、三步。

「咦？」彌太八注意到了。「你這小子莫非是在怕我嗎？」彌太八面無表情地歪著頭繼續說：「好像又有點不太對你似乎很開心嘛……」

「因為害怕，所以才開心啊！」十兵衛把重心放低，將手放在刀柄上。

「哼……」彌太八看見十兵衛擺出這樣的姿勢，喃喃地說：「那是什麼意思所以你現在是準備要跟我打嗎？」

彌太八說話的方式聽起來微妙地缺乏現實感，雖然無法清楚指出是哪裡怪。

「為什麼要打呢？」彌太八問道：「我既沒有打算要吃掉你也不打算殺你可是你卻要跟我打這是為什麼是你天生就愛打架嗎？」彌太八的用詞遣字果然沒有半點現實味。

「我既沒有打算要吃掉你」這句話又是什麼意思？難道他有時候也會想要把人吃掉嗎？人把人吃掉嗎？

如果真是如此，不打個你死我活才奇怪吧！

「我只是想知道那個叫才藏的傢伙現在人在哪裡？」

「……」

「如果你這小子明明知道卻不肯告訴我的話把你吃掉或許是最快的方法也說不定看是要把你

的腦吃掉還是附到你身上就可以知道你的腦子裡在想什麼東西了……」彌太八又說出匪夷所思的話來。

不知道是不是因為叫彌太八的東西說的話太不可思議了，籠罩他四周的空間看起來似乎有些扭曲變形。

「你是人類嗎？」十兵衛暗自咬緊牙關。

「人類？」

「……」

「這個問題是什麼意思？」

「……」

「難道我看起來不像人類嗎？」

「一點也不像。」

「這太奇怪了如果你口中的人類是跟你們有同樣外表的東西那我是有哪裡不像人類了……」

他的話一點都不像人類會說的話。

「既然如此……」

「你想怎樣？」

「只好吃了你……」

「吃了我？」

「該怎麼說呢如果要用你們的語言來說的話這種感覺該怎麼形容呢？」彌太八又沉默了下

來，眼球骨碌碌地轉了好幾圈，把視線望向虛空中看不見的某個點，似乎是在思索些什麼。

「我知道了……」彌太八把視線收回來說道：「好像是叫作肚子餓了是吧……」

「什麼?!」

「我的意思是說我肚子現在還沒有很餓所以只要腦子就行了把你的腦子給我吃吧還好現場觀眾只有那個女人而已……」彌太八說完這句話的瞬間，突然把鐵鍬由上往下一揮。

完全是出乎兩人意料的攻擊，完全沒有任何預兆！

人類不管要做什麼動作，在動作之前一定會有心念的流轉。

即使是行走、吃飯、跑步這樣的動作也一樣，人類心中一定會先浮現「走路」的念頭，然後才會邁步走；心裡要先浮現「吃東西」的念頭，才會開始吃東西。心念的流轉可大可小，但總是會有的。然而彌太八卻完全沒有這方面的表現。

如果不是絕頂高手，是辦不到這一點的。再說，十兵衛先前已拉出足夠的安全距離了。

就算彌太八出其不意一鍬揮下好了，他如果沒有往前跨出一大步，依舊無法傷他分毫。

問題是，彌太八並沒有離開原地半步。

看在十兵衛眼裡，彌太八所持的那把鐵鍬在由上往下揮的同時，似乎也往前伸長了一尺半左右。

「什麼?!」十兵衛立刻拔出長劍，由下往上一劍砍在就快落在自己頭部的鐵鍬握柄上，可是卻砍不斷。

如果那把鐵鍬的握柄是由一般的木頭做成的，沒理由砍不斷啊！

然而，從劍上傳回手中的不是木頭的觸感。話雖如此，也不是鋼鐵那般堅硬的觸感。硬要說的話，是一種比較柔軟的觸感。

感覺上就像是鐵鍬的握柄軟綿綿地把劍上的力道吸收掉了。

受到那一劍的攻擊，鐵鍬的握柄雖然微凹了一點，但是並沒有有被砍斷。

「奇怪？」彌太八發出不帶任何感情的聲音說道：「你的動作比我想像的還要快呢真不可思議這裡的人們看起來好像都一樣但是在打鬥的時候有的人動作比較快有的人動作比較慢是正常的嗎……」

十兵衛深吸一口氣，又往後退了半步。

「哼……」彌太八自言自語，不經意地垂下握住鐵鍬的手，結果那把鐵鍬出現了奇妙的變化。

那把鐵鍬居然開始縮短了。

該怎麼形容才好呢？那把鐵鍬從握柄的地方開始縮進彌太八的右手裡，最後連鐵鍬前端的鐵片部分也全都被吞入彌太八的手裡，消失無蹤。

彷彿那把鐵鍬原本就是彌太八身體的一部分。

「你是什麼怪物？」

那並不是在變什麼戲法，這點十兵衛心裡很清楚。

伊賀的半藏手下有會使蟲的人，也有異形的忍者。

十兵衛也曾經遇到過好幾個這種擁有特異功能的人。

前幾天他才跟鼯鼠的半助交過手，還把他給殺了。

半助的身體異樣地瘦，而且輕，是一個光靠把布綁在雙手雙腳之間，就能滑翔於半空中的忍者。

然而，眼前這個自稱是彌太八的東西，和他之前看過的那些忍者似乎在本質上有些不同。

仔細一看，這次居然是右手手指開始消失了。

彌太八把五根手指靠攏，合而為一，從手臂到指尖變成一根棒狀物體。

接下來，那條右臂還會出現什麼樣的變化呢？那恐怕是攻擊的前置作業吧？

若真是如此，只要在他前置作業尚未完成之前，先下手為強便行了。

剛才沒能砍斷那把鐵鍬的握柄，這麼看來，那把看似鐵鍬的東西，其實是彌太八身體的一部分。彌太八把右手臂的前端幻化成鐵鍬的形狀了。

殘留在劍刃上那股軟綿綿的奇妙觸感，原來是用劍砍在這個名為彌太八的生物上的觸感。

剛才那一劍、施加的力道、採取的動作全都是以砍斷鐵鍬為前提揮出去的，所以才砍不斷。

這次可不一樣。他不會再以砍斷木頭的握柄為前提，而是要以砍斷那個軟綿綿的東西為目標把劍揮出。

只要全神貫注地揮出一劍，就算是鐵甲也可以輕易地割開。

只要在彌太八完成右手臂的變化之前，在這種前提之下砍下去便行了——十兵衛是這麼想的。

因此他把劍高舉過頭，把精神集中起來，屏住呼吸……自己的肉體正逐漸澄靜下來。

他把盈滿於體內的精氣，從這具名為十兵衛的肉體裡向外釋放。

這次換十兵衛主動出擊，他突然大步往前一跨。

「喝啊啊啊啊——！」在跨出那一步的同時，也把劍用力往下一揮。

彌太八接下了他這一劍，用他還沒有完全變形完畢的右手臂。

傳回十兵衛手中的觸感十分扎實，使出的力氣也足以將彌太八的右臂一切兩斷。

怎麼樣？十兵衛再度拉出一段安全距離，站定。

彌太八的表情沒有絲毫變化。雖然還沒有到一刀兩斷的地步，但已在彌太八右手臂的手腕和手肘之間砍出一道深可見骨的傷口了。

只不過，從那傷口流出的並不是血，而是黏稠狀的藍色液體。

難說，或許那藍色液體就是彌太八的血也說不定。

問題是：如果那就是彌太八的血，為什麼他的表情還是沒有絲毫變化呢？

難道他完全感覺不到痛嗎？從那道切口處隱約可見的東西又是什麼？是肉嗎？

就正常情況來說，那應該是一道深可見骨的傷口。

然而，在他手臂的切口處，卻沒有相當於白色骨頭的東西。

更不可思議的是，那道傷口居然就在十兵衛的眼前逐漸縮小、變淺。

彌太八正當著十兵衛的面治療自己的傷口。

十兵衛連要乘勝追擊也忘了，他就只是緊盯彌太八的傷口，直到傷處完全平復為止。

「這到底是怎麼一回事？」十兵衛發出錯愕的呢喃。

面對可以自己把傷口治好的對手，這場架要怎麼打下去？

是要趁對方還沒有把傷口治好之前，繼續發動第二波攻擊呢？還是要把他的頭給砍下來呢？

該不會頭被砍下來，這個彌太八也還死不了吧？

「好吧！」十兵衛下定決心。「來吧！」

十兵衛再次把劍高舉過頭，就在十兵衛跨出一隻腳的時候——

「咻！」彌太八伸出左手。

「什麼?!」

手並不是朝十兵衛的方向而來，而是朝站在離他們約有五間的地方，注視著這場戰鬥的萩。

「萩，快逃！」十兵衛大聲示警。

萩馬上就注意到危險，往旁邊一跳，避開那隻變得愈來愈細，筆直朝自己伸來的魔掌。

有驚無險……就在萩這麼想的時候，那隻伸過來的觸手竟在半空中改變了軌道，轉向萩逃跑的方向，纏上萩的頸項。

「可惡！」十兵衛衝向彌太八。

因為他的判斷是：與其衝過去把觸手砍掉，不如直接把彌太八本人撂倒，還比較有可能救萩。

「喝！」十兵衛揮劍從彌太八頭上砍了下去。

彌太八舉起右手臂，接下這一劍。

「噗吱！」十兵衛的劍砍在彌太八的右手臂上，還是沒有砍斷。

劍刃只陷入彌太八的右手臂大約一寸左右的地方。

這次的觸感又不一樣了，在彌太八的手臂表面，似乎覆蓋著厚約一寸左右的堅硬物質。

如果硬要舉例的話，那種硬度就像是很厚的指甲，又像是馬蹄。

只不過，如果是馬蹄的話，十兵衛的劍還是可以砍得斷。

之所以砍不斷，是因為那層硬殼底下，還有一層柔軟的東西。他整條手臂全都柔若無骨似的軟綿綿、向內凹陷，把凝聚在十兵衛劍上的力道吸收殆盡。

先讓手臂的表面角質化，再讓中間的部分變得柔若無骨。

看樣子，彌太八這傢伙可以在瞬間隨心所欲改變本身肉體的質量。

「喂你要是攻擊我的話這女人可就沒命囉……」

在彌太八還沒把這句話說完之前，十兵衛已先發制人。

十兵衛才沒工夫理會彌太八說什麼，他忙得不可開交。

他先把砍在彌太八身上的劍斜斜往上一挑，再往前跨出一步，同時一劍砍向彌太八伸長的左手臂——也就是那條細細的觸手。

砍斷了！那種觸感，與其說是砍斷，還不如說是割斷，就像割斷垂柳枝條的感覺。

咻！咻！十兵衛的劍繼續追擊彌太八，彌太八也繼續抵禦十兵衛的攻擊。

雖然十兵衛的劍在彌太八身上劃出好幾道傷口，但是那些傷都在打鬥的過程中漸次癒合。

就在十兵衛瞄準彌太八的頭部，正打算一劍砍下去的時候，彌太八胸前的肌肉突然隆起，朝十兵衛衝撞過來。

「什麼？」

十兵衛豎起劍來擋下對方的攻擊。

擋住了嗎？十兵衛心想。

並沒有擋住，因為從彌太八胸口隆起的肌肉就在猛看像是被十兵衛的劍擋下來的瞬間，往左右兩邊分開，繼續朝十兵衛撞過去。

十兵衛在地上滾了一圈，避開這波攻勢，又在彌太八的面前站了起來。

「你還真是個麻煩的對手啊害我肚子都餓了……」彌太八喃喃自語地說：「算了這次就放過你們兩個吧反正只要到這條河的上游就可以知道發生過什麼事了……」

彌太八思考了一下，突然走向河岸，直接涉入水中。

他走到水深過膝、腰部一帶全都浸在急流裡才停下腳步。

就在這個時候——

彌太八的身體又開始在他們眼前變化了。

穿在彌太八身上，那襲像是耕作服的東西開始變色。

先是變成肉色，然後逐漸往彌太八的身體裡縮進去，和鐵鍬一樣。

看樣子，彌太八從頭到尾就只是把自己身體的一部分變化成耕作服的樣子。

彌太八的肉體繼續在水中改變形狀。

頭部縮進雙肩之間，腰部往前突出，整個身體逐漸變成流線形，腹部的地方還突出一塊像是鰓的東西。

最後變成兩人從未見過的魚的形狀。

不過，那種東西真的可以說是魚嗎？

魚的眼睛通常是長在身體兩側，然而，由彌太八變成的東西卻是在身體正面長著兩顆眼球。

從某個角度來看，跟人類是一樣的，嘴巴看起來則比較像爬蟲類，而不是魚類。

還有一點跟魚不太一樣的地方：身體的表面上沒有任何鱗片，只有單純的肉色。跟人類的膚色一模一樣。

乍看之下還以為只是鑽進水裡，實際上已變成肉魚了——彌太八的身體在水裡悠悠哉哉地搖動了起來。

下一個瞬間，他的身體宛如巨大的鯉魚一般，輕快地朝著上游悠游而去。

速度還逐漸加快，很快地，他的身影便消失在上游。

「呼……」

十兵衛目送彌太八消失於視線範圍之外，之後低聲呼出一口大氣。

究竟在這條飛驒道上發生了什麼事呢？

十兵衛把劍收回劍鞘裡，又長嘆了一口氣。

2

萩當然還活著，而且也已經站了起來，正打算把纏在自己脖子上的東西解下來。

只不過，似乎一直解不下來。

但是不解開的話，又好像沒有辦法呼吸。

萩把手指插入脖子和那條觸手之間，製造出一點空隙，短促、用力地呼吸。

十兵衛走到萩身邊，拔出小刀，把刀刃伸進萩用手指在脖子與觸手之間格開的空隙裡。

「我現在就幫妳砍斷！」

十兵衛把刀刃轉向觸手的方向，略施一點力，俐落地把觸手切成兩段。

萩大口大口吸進新鮮空氣，再吐出來，藉此平復呼吸節奏，然後對十兵衛說：「謝謝您。」

「妳沒事就好了。」

「那到底是什麼東西？」

「我也不知道。」十兵衛搖搖頭回答。

「是人類嗎？」

「雖然外表看起來像人類，但我實在不認為那是人類。」

「對呀！」

「恐怕是人類以外的某種東西，偽裝成人類的樣子而已吧！」

「進到水裡就變成魚的樣子，往上游游走了。那條魚會是彌太八真正的形體嗎？」

「應該也不是吧。在我看來，他只是為了要在水中前進，才把自己變成那副德行。」

「之前也聽說有個黑鐵鬼出現，還引起了相當大的騷動。看來飛驒道上似乎正在發生什麼不得了的大事，讓人無法不在意。」

「我想跟我們這次的任務肯定有某種程度的關係。」

「我記得那個幫助武藏的古怪男人，名字好像就叫作才藏對吧？」

究竟是剛好同名同姓，抑或根本就是同一個人呢？十兵衛也正在思考同樣的問題。

「我覺得應該是同一個人。」

「奴家也這麼覺得。」
「雖然不知道武藏是不是也像我們這樣走小路，但他現在應該也正朝飛驒高山前進吧！」
「要趕快追上去嗎……」
「問題就出在這裡了，萩。」十兵衛說道。
「什麼問題？」
「我也正在想應該要怎麼做比較好。」
「您的意思是？」
「剛才那個彌太八，所到之處肯定將會掀起一陣腥風血雨……」
「沒錯。」
「那陣腥風血雨或許能把武藏給逼出來也說不定。」
「這倒是。」
「不如等那陣腥風血雨實際發生之後，我們再上場也不遲。」
「所以……」
「聽說飛驒有很棒的溫泉。」
「……」
「不妨先優閒地在那裡逗留一、兩天再出發，妳覺得如何？」十兵衛伸出右手，意在言外地輕撫萩的俏臀。「聽說有個受傷白鷺發現的溫泉，就去那裡好嗎？」
「什麼東西好嗎？」

「經過這麼一戰，我心裡那把火都被挑起來了。」

「什麼火？」

「等妳把我心裡這把慾火澆熄之後再走吧！」

十兵衛的右手又摸了萩的俏臀，力道比剛才加重了幾分。

「哎呀。」萩發出無話可說的嘆息。

第五章　申芝居

1

才藏坐在岩石上，正要把飯糰送進嘴巴裡。

眼前是飛驒川的風景，激流和深淵相交錯，從上游接連到下游。

深淵的顏色是趨近於深綠的湛藍。

才藏時而低頭望著那條河，時而抬頭看著天空，全神貫注地注視著街道上來來往往的行人。

無論是背負著行李的商人、賣藥的還是武士，或是周遊各地賣藝的旅人，他都盯著不放。

吃完兩個拳頭大的飯糰之後，才藏把原本用來包裹飯糰的竹葉丟進山谷裡。

竹葉飛到一半就被草勾住了，並沒有真正掉落到谷底的飛驒川。

才藏把視線從谷底轉回街道的方向時，發現那裡突然冒出一個人。

那是個頭戴斗笠，作旅人打扮的僧侶。個頭矮小的僧侶悄悄站在才藏面前，面對著才藏。

因為臉都被斗笠遮住了，所以看不見他的眼睛或鼻子，只能隱隱約約看見掛著一抹微笑的嘴角。

「是我啦！才藏。」對方開口說道。

他用指尖抓住斗笠的邊緣，掀起斗笠，露出才藏認識的臉孔。
「原來是申啊！」申也是真田忍者的其中之一。
「我去見過幸村大人了。」申又把臉藏到斗笠底下。
「然後呢？」
「他說不要緊，就讓小舞小姐和源九郎一起去江戶好了，他還要我跟你一起跟著他們。」
「這樣啊。」才藏微微頷首。
「問題是，你們為什麼不走中仙道去江戶呢？我可沒想到你們會進入飛驒道呢。」
「因為發生了一點事情。」
「發生什麼事了？」申只說到這裡，突然頓了一下，「才藏……」
「什麼事？」
「你的左手臂……怎麼好像突然變年輕了？」
「有嗎？」才藏反問。
事實上，才藏的身體裡目前正住著一個外星人，名叫拉荷荷。
拉荷荷的任務是要殺掉附在舞身上的蘭。
除此之外，他還有另一個任務，那就是要找出可能存在於這個星球上的某樣東西。
顯然，蘭來到這個星球也是懷有某種目的，不可能只是剛好被轉通到這個星球上。
「嗯……」申沉吟了一會兒。
目前站在他面前的，確實是如假包換的才藏，而不是其他人假扮的才藏。

才藏的確也是真正的才藏，只不過自由意志被拉荷荷奪走了而已。

拉荷荷已把絕大部分才藏擁有的知識和記憶全都據為己有了。

如果不明白這個星球的事情，就會直接從才藏的腦子裡尋找答案，然後再把找到的知識內化成自己的東西。

因此，他也學會了真田忍者在市集裡聯絡的方法。

真田的忍者各自有獨特的聯絡方法，那是過去在全國各地販賣真田紐⓯時鑽研出來的。舉例來說，可以在城鎮商店的招牌上，點上一、兩點小小的墨漬，藉由墨漬的位置及大小來傳遞訊息，或是把信函藏在街道的道祖神⓰像下。

要放在什麼樣的道祖神像下早有規定，信函上的文字也都是忍者文，一般人是看不懂的。有時也會把那樣的信函放在村子裡的神木或某戶特定人家的屋簷底下。當然，那家人並不會知道自己的家被忍者用來作為聯絡的場所。

這次才藏和申之所以會碰頭，也是因為才藏利用這樣的信函，把自己進入飛驒道一事透露給申知道。

這當然是為了要利用真田的人手找出舞和牡丹的下落，也是為了在前往高山的玄覺寺之前，盡可能多掌握一些情報。

「這件事就算了。」申打破僵局，「話說回來，小舞小姐怎麼樣了？你們不是在一起的嗎？」

「問題就在這裡啊，申。」

「怎麼了？」

「我會進入飛驒道當然是有原因的，那就是小舞小姐被劫走了！」
「什麼?!」申的聲調只提高了一點點。「是被土蜘蛛劫走的嗎？還是……」
「如果是土蜘蛛，小舞小姐早就當場被殺了。不是那幫人做的，而是牡丹。」
「牡丹?!」
「牡丹帶著小舞小姐往飛驒高山去了，所以我現在才會在前往高山的路上。」
「牡丹的目的是什麼？」申問才藏。
「不知道。」才藏停頓了半晌，接著又說：「據我猜測，可能是為了把源九郎引過去吧！」
「他找源九郎有什麼事？」
「那小子真正的目的，恐怕也不是源九郎。」
「那是什麼？」
「我猜他是想要源九郎手中那把大劍。」
「為什麼？」
「我也不知道。」跟剛才一樣，才藏先是搖了搖頭，然後才喃喃開口：「或許是那把大劍藏有什麼不可思議的力量吧……」
「什麼不可思議的力量？」

⑮「關原會戰」結束後，由蟄居於九度山的真田昌幸和信繁父子所製作，用來綁縛刀柄的繩結，稱之為真田紐。
⑯矗立於村落交界處的守路神。

「這我就不知道了，也許是只要擁有那把大劍，力量就會變強之類的吧！」

「嗯……」申嚥了嚥口水，把低吟聲給吞了回去。「可是，為什麼是飛驒高山的玄覺寺呢？如果他想要那把大劍，可以在半路上伏擊，不然也還有其他各式各樣的手段啊！」

「我們是忍者，才會想到這些奇奇怪怪的手段。問題是，牡丹並不是忍者，也沒有同伴，只能靠自己的力量去搶奪那把大劍……」

「……」

「像這種時候，如果要跟擁有大劍的源九郎硬碰硬……」才藏說到這裡，突然噤口不語，似乎是想到了什麼。

「怎麼了？才藏。」面對突然沉默不語的才藏，申出聲喚道。

「原來如此，原來是這麼一回事啊！」

「什麼東西原來如此啊？」

「照這樣看來，在飛驒高山，可能還有另外一個……」

「什麼東西？」

「別吵！我現在正要把事情都串起來。」才藏制止又要發問的申，陷入沉思。

基本上，拉荷荷以才藏的身分說話的時候，並不會刻意隱藏才藏本身就具備的知識——拉荷是以這樣的方式在跟申說話。

自從附到才藏身上之後，他就決定了，在以才藏的身分行動的時候，不要對才藏本身就具有的知識作任何隱瞞因為如果隱瞞的手法太拙劣，反而會前後矛盾，甚至可能暴露自己的真面目。
此時此刻，拉荷荷並非是以才藏的腦袋思考，而是用自己的心在想事情。
當然也可以直接利用才藏的腦來思考自己想要知道的事情，但這麼一來，自己本身的知識也會被才藏讀取。
在這之前，屬於拉荷荷的知識其實早已大致流入才藏的腦子裡。
這可以說是非常危險的一件事，因為自己的弱點可能也會被才藏知道。
說得更明確一點，自己總有一天還是要睡覺的，屆時這具肉體就會重新受到才藏支配。
察覺到肉體重新被才藏支配時，雖然也有各種方法可以馬上清醒過來，搶回主導權，但這種情況如果一再發生，自己就完全沒有時間可以休息了。
「申啊……」才藏喚道。
「什麼事？」
「牡丹太難對付了，你去把還活著的真田忍者全都叫到飛驒高山上的玄覺寺集合。」
「了解。」
「我先前往飛驒高山。」才藏嘴角浮現出一抹陰狠的微笑，那是從未在才藏臉上出現過的笑容。
「才藏……」
「怎樣？」
「我也說不上來是哪裡怪，但你怪怪的。」
「怪怪的？我嗎？」

「嗯。」

「我自己倒是不覺得。」

「算了，當我沒說。先救出小舞小姐再說吧！」

申往後退了兩步、三步……

「飛驒高山見囉！」

「嗯。」申轉過身去，走回大馬路上。

才藏目送他離去之後，也從岩石上站了起來。

「接下來要做什麼呢？」才藏繼續思考剛才一時中斷的問題。「是要先找出土蜘蛛和破顏坊呢？還是先去飛驒高山呢？」

2

有個雲遊僧正在山路上的河邊休息。

一邊是綠水，一邊是青山，有條涓涓細流，一路從山上流到山下的小溪裡。

雲遊僧用一個木桶接住了那彎涓涓細流。

木桶的上方伸出一個小竹筒，裝在木桶裡的水便從那個竹筒一點一滴滿溢出來。

雖然水量不是很多，但若只是用來洗手、漱口、解渴，仍是綽綽有餘。

雲遊僧坐在河邊的石頭上，有個作旅人裝束的女人迎面走了過來。

女人把拿在手裡的枴杖和行李往旁邊一放，雙手伸向沿竹筒邊緣流下來的水，把手洗乾淨，再用洗乾淨的手掬起水來喝。

女人雪白的頸項微微上下震動著，她一面拭去嘴角的水漬，一面壓低聲音說道：

「破顏坊大人……」

「什麼事？姬夜叉……」雲遊僧應聲。

兩個人的唇瓣都幾乎沒有動，也都沒有抬起頭來望向對方。

站遠一點看，根本不會覺得雲遊僧正在跟那個女人交談。

「江戶的半藏似乎派了手下過來……」被喚為姬夜叉的女人說道。

「可是我並沒有接到這方面的消息，也就是說……」破顏坊沉默了一剎那，了然於心地說：

「是故意瞞著我囉！」

「是的。」

「半藏那個老鬼，就不能對我放心一點嗎？」

破顏坊用右手輕輕抓住斗笠的邊緣，往上一推，仰起頭來望向天空。

仰頭望向天空的臉上掛著一抹笑容。

臉上的表情雖然在笑，但是臉部的肌肉卻文風不動。

那張臉上似乎總是掛著笑容。

人們有時會把微笑的表情稱為破顏。

這也是破顏坊這個稱號的由來，因為他臉上永遠掛著笑容。

無論是在睡覺的時候，還是在難過的時候，甚至是生氣的時候，他的臉永遠都保持著破顏。

破顏坊站起來。

遠遠看來只不過是一個行腳僧休息夠了，也觀察過天空的狀況，站起來準備繼續下一段旅程。

兩個人看起來還是沒有在交談的樣子。

「人數呢？」破顏坊一邊站起來，一邊問道。

姬夜叉沒有回答。

「人數呢？」破顏坊又問了一次。

「什、什麼?!」姬夜叉露出現在才聽見破顏坊在問問題的恍惚表情。

「半藏派了多少人出來？」破顏坊把手伸向靠著岩石立起的錫杖問道。

「兩個。」

「那兩個人現在在哪裡？」

破顏坊把錫杖握在手裡，拿了起來。

「這我就不清楚了。」

「不清楚？」

「我追到八幡就追丟了。」

「舞的下落呢？」

「我也不知道。」

「無論如何，他們應該都不會走大路，而會翻越山路吧。」

「是的。」

「派人去山路上打探一下。」
「收到。」
「那我就直接前往飛驒道了。」
破顏坊用錫杖在地上敲出「咚」一聲，頭也不回地往前走。
姬夜叉把濡濕的手擦乾，再伸出手去把覆在臉頰上的幾根頭髮往後撥，然後朝破顏坊行進方向的反方向走去。
沿著河岸繞過幾個彎後，破顏坊走到路邊，彎下腰，膝蓋著地，把草鞋上的繩子重新綁好。
「空丸……」破顏坊低聲呼喚。
「什麼事？」
他身旁的森林裡響起一個跟他一樣壓得極細極低的聲音。
靠近路邊的地方，長著一棵巨大的杉樹。聲音就是從那棵杉樹的樹蔭下傳來的。
「你去跟著姬夜叉。」
「為什麼？」
「她這幾天實在很奇怪，剛才也沒有把我的話聽進去，我總覺得不太對勁。」
「知道了。」不待對方回話，破顏坊就站了起來，開始在飛驒道上獨行。

3

姬夜叉沿著飛驒川走了好一會兒，走到人煙比較稀少的地方之後，突然撥開旁邊的草叢，往山裡走進去。
撥開位於森林與街道交界處的草叢，走進去一看，會發現地上雜草其實比想像中的還要少。或許是因為日光都被森林裡的樹給遮住了，雜草就長得不太茂盛。
姬夜叉沿著那片森林的斜坡開始往上爬，明明是很陡峭的斜坡，姬夜叉的腳程卻比之前還要快上一倍。
姬夜叉的眼神渙散、沒有焦點，儘管如此，她也不像是漫無目的地在山裡四下徘徊。
姬夜叉很明確地朝著上方的某一個點，筆直前進。
在她的前方，矗立著一棵巨大的山毛櫸，比周圍的樹都還要大上兩倍。
姬夜叉爬上斜坡，朝著那棵山毛櫸過去，在山毛櫸突起的樹根上，坐著一個男人。
居然是才藏。
姬夜叉一路走到才藏面前，才停下腳步。
「妳總算來了。」才藏文風不動地說：「因為發生了一點事情，所以一直沒有辦法呼叫妳，如今好不容易來到離妳比較近的地方，終於見到面了。」才藏自顧自地說著，姬夜叉始終不發一語。
「言歸正傳，找到舞了嗎？」
「還沒有。」姬夜叉把頭往左右兩邊搖了搖。
「真是沒用的女人啊！不過，這次倒是有好好幫我把客人給帶來了。」才藏說到這裡，咧嘴一笑。「有兩個跟你們不太一樣的伊賀忍者似乎也來了……」
「那是半藏派來監視我們的人。」

「半藏派人監視你們？」
「似乎是懷疑破顏坊大人有謀反的意圖。」
「原來如此……」才藏又微微一笑。
有道銀色的閃光突然從森林中飛來，往才藏掛著微笑的顏面射去。
「哦？」才藏轉頭，避開那道閃光。
只見一枚細長的菱形金屬插在才藏背後的山毛櫸樹幹上。
第二枚、第三枚……
又有兩枚同樣的武器緊跟在後，才藏一一閃過，武器插在他背後的樹幹上。
「沒用的。」才藏說道：「伊賀忍者的雕蟲小技，我早就不看在眼裡了。」
姬夜叉應該看到才藏遭受暗器攻擊了才是，她卻只是呆呆杵在原地，依舊一動也不動。
「閣下就是真田的才藏嗎？」不知道從哪裡傳來了一個聲音。
「正是才藏。」才藏回答。
「閣下到底對伊賀的姬夜叉做了什麼？」
「你也想試試嗎？」
「那也要看閣下有沒有這個本事囉！」
距離姬夜叉後方大約六間左右的地方有棵杉樹，杉樹的另一邊出現了一個黑色的人影。原來是空丸。
「忍者哪能像你這樣隨隨便便以真面目示人的啊？」

「閣下還不是一樣？居然毫無防備地坐在樹根上，真是太不小心了……」空丸一面回嘴，一面靠過來，走了兩步、三步。

然而，才藏還是一派從容地坐在樹根上。

空丸將彼此之間的距離縮短到只剩原來的一半之後，終於停下腳步。

「我這次可不會再失手了。」空丸說道。

「急什麼？我有話跟你說。」

「什麼話？」

「這個嘛……」才藏還是動也不動地坐在樹根上。

「你到底想說什麼？」

「怎麼樣？要不要跟我合作？」

「合作？」

「你們不是想除掉那個叫作舞的女人嗎？」

「叫作舞的女人？」空丸不禁發出詫異的怪叫聲。

舞是豐臣秀賴的血脈，所以伊賀的忍者才要她的命。

眼前的才藏身為真田幸村的手下，不是應該要盡全力保護舞的生命安全嗎？

「我的意思是說，我願意幫你們除掉她。」才藏說道。

「你說笑的吧？」

空丸重新進入備戰的狀態。

「我是不會上當的喔！才藏。你以為藉此讓我失去戒心，就會有可乘之機了嗎？這點雕蟲小技還騙不了我的。」

「我跟你們一樣，也不希望舞繼續活著。」

「什麼?!」

「說了你也不信是嗎？」

「………」

「這樣說好了，我的條件很簡單，等我順利把舞送上西天之後，可以加入你們伊賀一族嗎？」才藏——拉荷荷如此說道。

正確地說，想要取舞性命的人並不是才藏，而是拉荷荷。再說得更精準一點，拉荷荷要的也不是舞的命，而是依附在舞體內的蘭的小命。

只不過，就算把這些前因後果全都解釋清楚，空丸也不見得能夠立刻理解。

因此，拉荷荷只好選擇空丸比較容易理解的說法。

那就是他想要加入伊賀一族，也就是說，他想在德川家的天下撈個一官半職。

「我這輩子都在保護一個無用的女人，這樣的生活方式我已經很厭倦了。」

「我沒辦法相信你。」

「破顏坊和半藏之間是不是有些矛盾……」

「什麼?!」

「我已經幫你們把半藏從江戶派來的手下給解決掉了……」

「你這傢伙……」空丸擺出攻擊的態勢。

「我是不是說了什麼不該說的話啊？」

「等我先把你的雙手雙腳砍下來之後，再來好好研究你說的話是真是假……」

「哦？你要跟我打嗎？」才藏問道。

空丸並未作答，就只有突然放低重心，重心下移兩寸、三寸之後，空丸的動作停止了。

咻！空丸的身體突然躍到半空。

「喝！」才藏拔劍出鞘，一劍揮向空丸浮在半空中的身體。

唰！空丸的身體跌落在地。

「咦？」才藏撇了撇一邊嘴角。

剛才雖然用劍砍中了，但砍下去的觸感卻十分奇妙。

那並不是一劍砍在人肉上的感覺。

拉荷荷可以操縱才藏的肉體，當然也可以透過才藏的感官得到外界的訊息。才藏截至目前的人生經驗，也成了拉荷荷的囊中物。

在才藏的經驗裡，並沒有剛才那樣的觸感。砍中人體時，是不可能會有那種觸感的。

根據從才藏身上偷來的經驗推測，那觸感跟切開布或紙時的感覺有一點像。

只不過，嚴格說起來，那感覺既不是切到布，也不是切到紙。在才藏以往的經驗裡，不曾有過這樣的感覺。

除此之外，拉荷荷還注意到另一件事。那就是在自己——也就是才藏的胸口上，插著一枚利刃。

好像是空丸剛才丟過來的菱形武器，俗稱飛鐵。

握在右手的劍還停在剛才揮向半空中的地方。才藏保持姿勢，凝視著插在自己胸口上的那根金屬棒。

「哼……」

呵！呵！呵！空氣中響起一陣陰沉的笑聲。

並不是姬夜叉，姬夜叉還呆站在那裡，好像失了魂。

也不是才藏本人，更不是倒在地上的空丸。

問題是──倒在地上的空丸看起來似乎有一點不太對勁。

身體扁扁的沒有厚度，就像洩了氣的皮球一樣，皮膚上滿是皺紋。

不僅如此──眼球和牙齒也從他的臉上消失，再仔細一看，倒在地上的空丸背上的忍者裝束破了一個洞。

不對……破了一個洞的說法有點不太對，因為那身裝束的背後布料是拼接的，似乎可以從後面脫掉。

「你著了我的道啦，才藏。」

赤裸的空丸從旁邊的樹蔭底下冒了出來。

「閣下剛才砍到的是我的分身。」空丸笑著說：「我啊，隨時隨地都可以瞬間脫掉外面這身皮囊呢！」

看來他用的並不是替身。

所謂的替身，是將自身以外的別種東西或生物變成自己的樣子，用來騙過對手的伎倆。
但是，空丸用來騙過對手的東西卻是他自己，雖然說是皮囊，但還是他自己的東西，所以會被騙倒也是沒辦法的事。
空丸的手法是：金蟬脫殼，讓對手一刀砍在皮囊上，然後再乘隙射出飛鐵。
那塊飛鐵現在就插在才藏的胸口上。
「勝負已分了，才藏。」空丸志得意滿地說。
然而——
「什麼?!」空丸之所以露出錯愕的表情，並不只是因為才藏沒有當場倒下來的緣故。
呵呵！哈哈！才藏發出了低沉的笑聲。胸口上明明插著一塊飛鐵，怎麼還能笑得出來呢？
就在這個時候——
插在才藏胸口上的那塊飛鐵一寸一寸地往外移動，像是被他從身體內側推出來一樣，最後「哐噹」一聲地掉落在地。
「你是怪物嗎？」空丸失聲問道。
「我可不想被土蜘蛛的人說是怪物呢！」
身為土蜘蛛的一員，空丸可以隨心所欲地脫下自己的皮囊，以正常人的角度來看，的確也是怪物。
「你這招的確很有趣，使出來之後會一絲不掛啊……」才藏說道。
「哼！」

「你還有什麼絕招還沒有使出來嗎？」

「你要試試看嗎？」

「好啊！」才藏把左手往上舉。

結果，某個東西從森林上空悄悄降了下來，那是一顆差不多和人頭一樣大的金屬球。

看樣子，那顆金屬球在此之前一直高高懸浮在半空中。

那顆金屬球停在才藏的左肩上，才藏說道：「這才是你的對手。」

「什麼?!」空丸望向懸浮在才藏左肩上的金屬球，說道：「你說這是本大爺的對手？」

「沒錯。」才藏用左手食指輕輕碰了一下金屬球。

金屬球便繞到才藏前面，停在胸口的高度上，才藏繼續用指尖觸碰金屬球的表面。

那顆金屬球開始產生變化，和之前在河岸與半藏派來的兩個忍者打鬥前一樣。

它伸出兩隻手、長出兩條腿，還探出一顆頭顱，用兩條腿站在地上。

「這是什麼鬼？你該不會是要這玩意兒當我的對手吧？」

「你可不要太大意了，這傢伙可是很強的喔！」才藏代替金屬球幻化而成的人形說道。

金屬人形朝向空丸走去，一步、兩步。

「什麼?!」全身赤裸的空丸把重心壓低。

結果，那金屬人形也跟空丸一樣把重心壓低。

咻！空丸迅速往旁邊移動。金屬人形也往旁邊移動，像是要追上空丸。

「看我的！」空丸的肉體朝金屬人形猛衝過去。

就快要撞上那個金屬人形的時候，金屬人形突然往旁邊一閃，避開空丸。
唰啦！空丸的皮囊掉落在地上了。
金蟬脫殼。
空丸把現在的皮囊脫掉，跳向剛才被自己脫在一旁的那付皮囊，好取回原先那付皮囊握在手裡的劍。
當他握住劍，抬起頭的時候，金屬人形已經站在自己面前了。
為什麼這個金屬人形可以區分本尊和分身的差別呢？臉上明明沒有眼睛，卻好像看得見。
不同於人類，那個金屬人形的「眼睛」很明顯是看著自己的方向。
「啐！」空丸舉起剛拿到手的劍，往那個金屬人形一劍砍過去。
鏗鏘！金屬人形用手裡的刀吃下空丸這一擊。
在這當下之前，金屬人形明明就沒有拿什麼刀啊！
空丸往後一躍。「你這傢伙，什麼時候拔的刀？」
空丸重新把劍握好，站定。金屬人形也擺出跟空丸同樣的姿勢，重新把刀握好，站定。
「你在模仿我嗎？」空丸說道。
「原來你那招金蟬脫殼可以一使再使啊……」才藏望了空丸一眼，說道：「而且，你每金蟬脫殼一次，好像就會變得更年輕一點呢。」
才藏說得沒錯。
空丸一開始出現在這裡的時候，看上去大約四十歲左右。

第一次使出金蟬脫殼的時候，看起來則是三十五歲左右。
如今看起來只有二十多歲，頂多三十歲。
「如果繼續脫下去的話，會變成小嬰兒嗎？」
「你說呢？」空丸就只是用鼻子冷冷哼了一聲。
對空丸來說，有件事比才藏剛剛的問題更讓他掛心。
這個金屬人形究竟是從哪裡生出那把刀的？剛剛並沒有那樣的武器掉落在地。
既然如此，金屬人形到底是從哪裡弄來那把刀的？總不會是從右手長出來的吧？
「對手是怪物啊……」空丸喃喃說道。
「看招！」空丸發動攻擊。
無論是用劍直刺，還是橫掃，金屬人形都見招拆招，一一接下，隨即以同樣的招式反擊。
不僅如此，只要是用過一次的招式，它就不會忘記。
第二次使出的攻擊還會比上一次更快。
無論是在受到攻擊的時候，還是發動攻擊的時候，金屬人形的臉上都沒有絲毫表情。
不對，是根本沒有辦法作表情。
因為它臉上只有一塊類似鼻子的突起，除此之外可說是一片平坦。
看起來非常詭異。
才藏所言非虛，這傢伙真的很強。
「再這樣下去你遲早會輸的，還是趕快下定決心吧！看是要跟我合作……」才藏說道。

「哼！」

有個東西從空丸的左手飛了出來，是一顆小石頭。

那顆石頭打中了金屬人形的肩膀，火花四散。就在那一瞬間，那個金屬人形開始起火燃燒。

看樣子，空丸早在不知不覺之間，把油塗在那個金屬人形的表面上了。

只不過，即使全身都被火焰包圍，金屬人形還是沒有停下腳步，反而繼續前進，一刀砍向空丸握著劍的右手腕。

空丸有驚無險地躲過這一招。

「你這傢伙！」空丸說道。

在這之前，金屬人形的攻擊都模仿自空丸使出的招式，但這次卻不然。

空丸應該還沒有使出以劍尖瞄準手腕攻擊的招式。

也難怪他會那麼吃驚了。

金屬人形現在使出的這一招，是它前不久在跟伊賀的平二過招時，平二使用過的招式。

「這、這不是人在江戶的伊賀平二最擅長的落臂劍嗎?!」空丸說道。

「我不是說過了嗎？我已經幫你們解決掉那兩名伊賀的忍者了，這傢伙只是把當時記住的招式用出來而已。」才藏說道。

「怎麼可能！」空丸還是不信。

剛才那招的確是平二最擅長的「落臂劍」，但就算是這樣，也不表示他真的已經把兩個伊賀忍者解決掉了。

「我明白了……」空丸茅塞頓開地說：「是閣下在操縱這個金屬人形吧？既然如此……」

空丸還沒說完，就朝一旁隔山觀虎鬥的才藏直撲而來。

熊熊烈焰沒有限制那個金屬人形的行動，但此時它的動作卻突然停了下來。

如果攻擊它的對手突然不再攻擊它……

如果自己不再去攻擊那個金屬人形，轉而攻擊其他目標……

假設這個戰鬥用金屬人形的內部系統是設定成「只會對攻擊自己的人發動反擊」的話，那是不是就不會對「未攻擊自己的人」採取任何行動……

當然，這些都只是空丸的揣測。

金屬人形之所以停下來，或許是基於別的原因也說不定，或許是火焰的高溫讓金屬人形體內的機關無法再正常地運作。

只不過，無論是什麼原因，負責操縱的還是才藏，這點應該是不會錯的。

因此空丸才會轉而攻擊才藏。

在大老遠的距離外，空丸右手裡的劍就瞄準才藏的項上人頭了。

他心裡打的如意算盤是：就算才藏有本事馬上治好自己身上的傷，如果頭被砍下來就沒戲唱了吧。

才藏用自己的刀擋下空丸的劍時，有什麼滴到他臉上。

是油。

「原來如此，我懂了……」才藏喃喃低語：「我看到囉！」才藏露出一笑。

他看到什麼了？

才藏把視線望向空丸瞄準自己項上人頭的劍……以及握著那把劍的右手。

右手背上有一道傷口。空丸的右手被才藏劃過一刀的時候，有種液體從他的傷口噴了出來，滴在才藏的臉上。

「原來你是把人油積存在皮囊與內側的肉身之間，然後再找機會把油灑在我身上啊……」

「唔……」空丸發出低吟。

「被我猜中了嗎？」

的確是被他猜中了。

空丸剛才的確是一面和那個金屬人形交手，一面找機會把油灑在它的身上，再用小石頭敲擊出火花，把火點燃。

這招被才藏給識破了。

空丸原本打算乘勝追擊、高舉起劍，此時劍卻尷尬地停在半空中。

才藏乘著這個空檔，三兩下就跳到身上火勢已逐漸開始減弱的金屬人形面前。

才藏用左手的袖子把臉上的油擦掉，把右手伸進火焰裡，碰了一下金屬人形的額頭。

「好燙……」

金屬的表面還很燙，火勢也還沒有完全熄滅。

一般人絕對不可能直接伸手去摸，才藏卻這麼做了。

那是因為才藏擁有可以馬上治癒傷口的肉體，才能這麼做。

金屬人形又開始動了起來，它一個箭步跑到空丸的面前，站定，身上的火已經滅得差不多了。

金屬人形的右手高速迴轉著，和之前的動作都不一樣。

看樣子，才藏剛才伸手碰的那一下，似乎讓內部的系統產生了某種變化。

萬一不小心碰到它的劍尖，肯定會馬上被劃出一道血痕吧！

就連空丸也抵擋不住這樣的攻勢。

在金屬人形的刀就要從空丸左邊的肩頭一路砍到胸口的那個瞬間，金屬人形突然跳到半空中。

因為空丸就飄浮在半空中，金屬人形的正前方。

原來空丸打算讓皮囊被它砍，自己跳向半空中。

金屬人形察覺到這一點，所以也跟著躍上半空。

空丸當然是光溜溜的，而且變得更年輕了，呈現青年樣貌。兩手空空，沒有任何像樣的武器。

當人跳到半空中的時候，身體就會不太聽使喚。

就算想要一刀砍下，手腳也沒辦法隨心所欲施展，只有順應地心引力往下掉的分。

金屬人形讓手中的劍在空中閃過一道劍光，然後就和空丸的身體一起落下了。

兩個人的身體都降落到地面上時，金屬人形的劍刃已經架在空丸的脖子上。

雖然空丸已經回到地面、取回身體的主控權，但一把劍就架在他的脖子上，他已動彈不得。

原來那道一閃而過的劍光貼上空丸的頸動脈之後，就一直靜止在那裡不動。

脖子上被人擱了一把利刃的空丸，如今橫看豎看都是個二十出頭的青年。

「怎麼樣？見識到它的厲害了嗎？」才藏在一旁開口說道：「它原本可以砍下你的項上人

頭，只是沒切而已。」

「有本事就砍砍看啊！這一次還是只會砍到皮囊。」空丸說道。

「你就不要再嘴硬了，其實你根本沒有辦法在浮在半空中的狀態下，把皮囊留在原地，只移動本尊吧！」

「………」

「我沒有在半空中讓你人頭落地，只是為了要再問一次你的意願。」

「什麼意願？」

「願不願意跟我合作啊！我明明可以殺了你，卻沒有這麼做，這下你總相信我的誠意了吧？」

「我相信你。」這句話並不是從空丸的嘴裡發出來的。聲音來自一旁的森林深處，打扮成雲遊僧的破顏坊從樹林間走了出來。

「破顏坊?!」

「你脫太多層了啦，空丸。」破顏坊信步走來，在才藏面前停下腳步。

「你說你想跟我們合作是嗎？才藏。」

「我可是很有用處的喔！」

「你的目的是想要在德川的天下仕官？」

「破顏坊，閣下的目的其實是想在有朝一日打敗半藏，君臨整個伊賀一族吧？」

「喔？這種說法我還是第一次聽到，你是從哪裡聽來的？」破顏坊看看傻站在一旁，一臉心不在焉的姬夜叉。「你把她變成你的傀儡了嗎？」

「算是吧！」

「那邊那個金屬人形也很有意思呢！」

「你都看到了嗎？」

「看到一點點。」

「同伴都快要被幹掉了你還在看？」

「空丸如果可以打贏的話當然是最好，就算輸了，我也可以藉此搞清楚你和這個金屬人形到底在玩什麼把戲。」破顏坊說道，臉上掛著坦然的笑容。

「土蜘蛛的空丸可不是這麼輕易就會敗在這種怪物手下的人。」刀都已經架在自己的脖子上了，空丸依舊目中無人，大言不慚。

金屬人形的刀離開了他的脖子。

「這就是我的誠意。如果你還是不相信的話，隨時都可以再繼續打。」才藏說道。

「舞呢？現在在什麼地方？」破顏坊問道。

「被一個叫作牡丹的男人帶往飛驒高山去了。」

「牡丹……不就是把變戲法的藤次手臂砍斷的男人嗎？」

「那是他的假名，他真正的名字是……天草四郎……」

「你說什麼?!」

「另一個叫作宮本武藏的男人，現在也在追查這個天草四郎的下落。」

「是嗎？」

「只要在飛驒高山等待牡丹和舞，再殺掉他們就行了。只不過，有幾個比較棘手的傢伙也跑來蹚這渾水了。」

「什麼棘手的傢伙？」

「就是我剛才提到的武藏和一個叫作萬源九郎的男人。」

「那個彪形大漢嗎？」

「我本來想在前往飛驒高山的途中就把她解決掉，可是山裡的路錯綜複雜，單憑我一個人的力量……」

「解決掉誰？舞嗎？我們都還沒有答應要跟你合作呢……」

「我本來是想拿舞的項上人頭作為見面禮的呀！」

「這樣啊……」

「可是光憑我一個人的力量，不足以在飛驒高山設下埋伏。所以我想來找你們合作比較快。」

「照你這麼說，你的目的其實是要取舞的性命，仕官反而不是那麼重要呢！」

才藏假裝沒聽見破顏坊的問題，接著說：「怎麼樣？如果你願意跟我合作的話，我就告訴你牡丹往飛驒高山的哪個方向去。」

「這個交易聽起來還不壞……」破顏坊當時堆著笑意的嘴角發出了低沉的悶笑聲。

「來合作吧！」

第六章　天草四郎

1

那是一個膚色白皙，乍看之下還以為是女子的男人。

長而豐盈的髮絲，在後腦勺紮成一束，幾絲未紮起的細髮，垂落在雪白的額頭和臉頰上。

眉如細柳，眼若流星，在那雙漆黑如夜的水靈大眼裡，閃爍著忽明忽滅的火光。

是一個妖豔非常的青年。皮膚晶瑩剔透，幾乎可以看見底下的血管。

殷紅的朱唇彷彿塗了血，唇畔還掛著一抹不可思議的微笑。

有些菩薩像的嘴角也會浮現出這樣的微笑，但這抹似有若無的微笑出現在凡人臉上時，看了總會不由得生出一股毛骨悚然的感覺。

這個青年嘴角浮現的，就是這樣的微笑。

青年穿著白色的小袖與藏青色的半袴，小袖的袖子上和半袴上繡有無數顏色鮮豔的朱紅牡丹，簡直就像是用血染上去的朱紅。肩衣⑰也是令人為之目眩的正紅色，左手邊的小袖被割掉了

⑰無袖上衣。

一小塊。腰間插著兩把大小不一的朱鞘短刀。

青年自稱牡丹。只不過，他的真名其實是益田時貞——也就是天草四郎。

時值深夜……地點在飛驒的深山裡。

牡丹把背靠在巨大的山毛櫸樹幹上，凝望著火堆。

火堆的對面，有個年輕的女人正坐在從地面穿出來的岩石上。

年莫二十三、四歲上下，名字叫作舞，是豐臣秀賴的女兒。

在大坂城被攻陷的時候，秀賴和一個名叫月讀的女忍者交媾生下的女兒就是她。

如今在舞的身體裡，還住著一個外星球來的生命體。

那個外星球來的生命體目前正在舞的體內沉睡著，她醒著的時候自稱是「蘭」。

此刻，舞正注視著火堆另一頭的牡丹。

牡丹的雙眸凝望著舞正注視著自己的雙眸，舞的雙眸裡也倒映著火光的顏色。

「怎麼啦？」牡丹以輕柔的語氣問舞：「妳是不是有什麼話想跟我說？」

「你到底是何方神聖呢？」舞問道。

可是，牡丹並沒有回答，只是無言地凝望著舞。

「益田時貞……這個名字我有聽說過。島原的那場戰役，我也略有耳聞。問題是，我又不認識你……」

「妳難道就不擔心妳自己的事嗎？」牡丹只回問了這句。

「我自己的事？」

「妳是豐臣秀賴的女兒吧？」

一聽到這個名字，舞的身體馬上僵了一下。

牡丹早就知道她的祕密了，才藏及源九郎他們在長良川的河岸小屋裡說的話，以及後來在外面的談話，他全都偷聽了。

「妳不用再隱瞞了，我還知道伊賀忍者正在追殺妳的事呢。」

「……」

「負責保護妳的那些人是幸村養的真田忍者，這也都瞞不過我的眼睛。」

聽到牡丹這麼說，舞依舊沒有任何反應，她就只是保持沉默，注視著他。

「妳不用擔心，我並沒有打算要把妳交給伊賀的人……至少現在是如此。」

牡丹紅豔豔的嘴角往上勾出一個小小的弧度。

「只不過，我還有幾個地方不太明白。」

「什麼地方不明白？」

「好像還有另外一群莫名其妙的傢伙也想要妳的命。像是肚子上長著一顆狗頭、手臂以下是熊掌的男人……」牡丹一面回想，一面慢條斯理地說道。

「或者是那個脖子上頂著一顆蒼蠅頭的非人物種，就是操縱一顆怪裡怪氣、飄浮在半空中的金屬球的傢伙。那些人為什麼要妳的命呢？」

舞就只是安靜地聽牡丹說，火星在兩人之間閃爍跳躍。

「我啊……是被神背叛的男人。」牡丹說道：「妳知道嗎？」

「……」

「人，會背叛深愛自己的人……」

「因為愛，所以背叛？」

「正是如此。所以背叛神之子耶穌．基督的猶大，其實才是耶穌最愛的人。人才不會背叛自己憎恨的對象。憎恨一個人，殺了他便是，根本不會有背叛不背叛的問題。」

「原來如此，你剛剛是說你被神背叛了，對吧？」

「是的。」

「也就是說，神是深愛你的嗎？」

「沒錯，神給眾生的愛是一視同仁的，相對的，背叛的時候也是眾生平等……而我現在手裡這個，就是象徵著背叛的『猶大的十字架』……」牡丹把手伸向掛在雪白頸項上的金鍊子，純金的鍊子從牡丹的脖子一路垂到他胸前的衣襟裡。

牡丹的指尖沿著鍊子遊走，然後伸進衣襟裡，掏出了那個黑色的十字架。

那是用「土星隕石」製成的「猶大的十字架」。並不是一般的十字架，上頭的圖案十分特別。

耶穌教的十字架上通常都會雕刻耶穌教的神之子，也就是耶穌．基督被釘在十字架上的模樣。

這個「猶大的十字架」也刻了。

唯一不同的地方，是這個十字架上的耶穌．基督是倒著被釘上面的。

頭在下，腳在上，膝蓋的地方還彎曲，讓腳尖伸到原本應該要釘兩條手臂的那根橫桿上。

耶穌．基督的頭髮和兩條手臂全都無力地垂向下方。可說是一個非常怪異的十字架。

牡丹把這麼怪異的十字架握在手裡，說道：「換我問妳幾個問題吧？」

「什麼問題？」

「其實剛才我說的那些事情，我以前就問過妳了。我還曾經潛入妳的心裡，想盡一切辦法要把答案問出來，妳卻不回答。為什麼？在妳心裡好像還有一個人在保護妳的樣子……」

「……」

「這到底是怎麼一回事？」

「的確，在我體內還住著另一個人，她的名字叫作蘭。」

「那現在那個人呢？」

「她正在休息，所以我現在才能像這樣跟你說話。」

「蘭醒過來之後呢？」

「我們就會交換，換蘭來操縱我的身體。」

「哦……」

「蘭小姐進入我的體內後，她知道了很多關於我的事。同樣的，我也或多或少知道一些關於她的事，可能是蘭小姐對我的事還有一些不了解的地方吧……」

「那麼，那個叫作蘭的人，是怎麼樣的人呢？既然跟妳本身的祕密沒有關係，告訴我也不打緊吧！」

「……」

「如何呢？」牡丹又問了一次。

舞只沉默了一下，便說：「蘭小姐原本生活在這片天空的某顆星星上。」

「星星？」

「是的。但嚴格說，這還不是最正確的說法。」

「……」

「天上那些會發光的星星，其實都是宛如巨大火球般的東西，所以不管是人或者是任何一種生物，都不能在那些星星上生存。生物所能生存的，其實是圍繞在那些星星周圍的，體積更小的行星。」

「哦？」

「我們稱為『太陽』的東西，其實跟天空中那些閃閃發光的星星是一樣的東西，只是因為星星距離我們比較遠，所以看起來就成了比較小的發光體。」

「妳的意思是說，我們居住的這片大地，其實也只是圍繞著那些星星的一顆小行星嗎？」

「是的。」

「這可真是令人大開眼界的論調呢！」

「那群生活在遙遠天邊的人們之間，也有所謂的紛爭。」

「紛爭？」

「你剛才提到的人，不管是肚子上長出一顆狗頭的人，還是脖子上頂著一顆蒼蠅頭的人，其實都有人在背後操縱。那些人從遙遠的星球駕著天空船而來，目的就是為了要追殺來到我們這個世界的蘭小姐。」

「一時之間，我實在很難相信妳說的話。」

「你不相信也無所謂，因為就連我自己也不太能相信，只不過……」

「只不過什麼？」

「有一件事情我很清楚，那就是蘭小姐其實非常寂寞。」

「是嗎？」就在牡丹點頭附和的同時，突然出現一個小小的變化。

牡丹手中的「猶大的十字架」開始釋放出妖異的光芒。

「這是……」牡丹張開右手，凝視著掌心裡「猶大的十字架」。

該怎麼形容它的顏色呢？如果有什麼東西算相近的話，大概就是螢火蟲的光芒吧！

那道光芒一下子膨脹，一下子縮小，頻率和呼吸接近。它釋放出看起來有點偏藍、有點偏黃、又有點偏綠的燐光。

不僅如此，「猶大的十字架」彷彿還輕微地震動了起來。

「唔……」牡丹凝視著掌心裡的「猶大的十字架」，嘴裡唸唸有詞。

2

森林裡有座小祠堂，海野六郎和三島以藏正坐在屋簷下的地板上。

兩個人皆以背靠著祠堂內的牆壁，臂彎裡抱著立在地上的劍。

時間是晚上——周圍的草叢裡，秋蟲正不停鳴叫著。

六郎的年紀看起來大約是四十歲的後半，靠近五十。

長材細瘦頎長，就連臉蛋也是細長的馬臉。

從臉頰到下巴長著亂七八糟的鬍鬚，嘴角倒是笑咪咪的，讓人想要親近。

坐在他右手邊的以藏年紀看起來比六郎還要大，約莫有五十過半了吧！

所以頭髮和臉上那把濃密的大鬍子裡，自然就夾雜著銀絲。

脖子粗粗短短的，讓他的頭看起來像卡在脖子裡一樣。

「六郎啊，像這樣靜靜坐著，總是讓我忍不住想起那群夥伴呢……」以藏語氣寂寥地說道。

以藏原本是個武士，在大坂夏之陣中存活了下來，後來成為高野山[18]附近的山寨主。

六郎是山寨裡的一員，和以藏一樣，他也曾隸屬於大坂夏之陣的西軍，吃過敗仗。

不僅如此，他還曾經投效真田幸村的麾下，是真田忍者的其中一員。

後來因為仰慕以藏的人品，所以在山寨裡和他一起生活。然而，就在不久之前，他們的同伴都被異形殺死了，只有他們兩個僥倖逃過一死。

對方是個頂著一顆蒼蠅頭，來歷不明的黑鐵鬼。他們還有另一個敵人，那就是巖流佐佐木小次郎。

祠堂周圍的樹木都被砍倒了，只要在屋簷下抬頭，就可以看到高掛在天空的月亮。

多麼皎潔的一輪明月，月光讓四周的景色看起來就像是飄浮在海底般地朦朧。

「可惡……」以藏喃喃自語，大顆大顆的淚水從他的眼眶裡落下。

因為他們正和殺死自己同伴的小次郎結伴而行。此時此刻，那個小次郎就在祠堂裡酣睡著。

「我真想殺了小次郎這個王八蛋……」以藏喃喃說道：「不過，我應該殺不了他吧！那時要是沒有你跳出來打圓場，我肯定已經一刀朝這個小次郎砍過去，然後也一刀被他給殺了吧！」他自己說著說著又點點頭。

「六郎啊，你說，大家會原諒我嗎？」

「一定會的。」六郎回答。「老大必須連大家的分一起活下去才行，你要是敢那麼快就去另一個世界報到的話，阿松也好，鐵次、矢助也好，大家一定會既驚訝又生氣。」

「嗯，嗯……」以藏老淚縱橫地點頭。「六郎啊，那小子現在在睡覺，如果我乘機突然砍下去，至少也可以砍中個一刀吧！」

「那是不可能的。」六郎不以為然地搖頭。

「可是，如果不趕快分出個你死我活的話……」

「會怎麼樣？」

「該怎麼說呢……我可能會喜歡上這個小次郎也說不定。」

「到時候再說吧！」

「唉……還好有你在啊！六郎，你願意留在我身邊，真是太好了啊！要是沒有你的話，我可能早就變成一隻斷了線的風箏……」以藏喃喃自語的聲音和四周的蟲鳴聲交疊。

馬追，草雲雀，松蟲，鈴蟲。無數的昆蟲正在舉行大合唱。

就在這個時候——

⑱位於日本和歌山縣，海拔約一千公尺左右的群山總稱。

「別開玩笑了……」祠堂裡突然響起一個低沉的嗓音。

「你就乖乖把這個身體交給我吧……」是小次郎的聲音，他的聲音繼續說著：「我還有非完成不可的任務。」

果然是小次郎的聲音沒錯，只不過，那語調的抑揚頓挫跟他們一開始聽到的截然不同。

「又開始了……」以藏說道。

「看樣子是呢！」六郎跟著點頭附和。

小次郎正透過小次郎的嘴巴，跟另一個小次郎進行對話。

「又開始了……」照以藏這麼說，這已經不是第一次了。

每到了晚上，小次郎沉入夢鄉之後，這番對話就會展開。

有時候像是理性地討論事情，有時候則會變成單純的口舌之爭。

看到這情況，會覺得小次郎的身體裡好像還住著另一個人。

每當晚上小次郎睡著時，那個人就會甦醒過來。

有時候，小次郎會花上一整晚跟那個人說話。

今晚，在伸手不見五指的祠堂裡，他們又聽見那聲音了。

話說回來，當初他們會跟小次郎結伴而行，也是因為六郎提到了武藏的名字。

武藏正前往飛驒的方向……這是六郎利用真田忍者的聯絡手法，從市集裡打聽回來的消息。

真田忍者的夥伴之間會利用寫滿暗號的信函進行溝通。

六郎就是利用這種方式，留下了自己的訊息。

最近在中仙道引起的騷動，似乎也跟真田忍者脫不了關係，所以六郎便問了一些關於黑鐵鬼的事。

那個黑鐵鬼是他們共同的敵人，所以一定要把他找出來才行。

情況需要的話，也可以跟昔日的夥伴聯手。

就在他去放置那封信函的時候，還看到另一封信。

信函上寫著發信人的名字「霧」，「霧」是霧隱才藏的代號。

由此可知，那封信是才藏為了跟幸村取得聯繫才寫的。

信上還寫著才藏打算跟武藏一起前往飛驒的事。

六郎把自己的信放好，追上先走一步的以藏，然後遇到差點跟小次郎大打出手的以藏。

才藏的信上還提到一群異形要追殺舞，至於舞，六郎當然也知道她是誰，是月讀為秀賴產下的子嗣。

雖然那時候他已離開真田，過著浪跡天涯的生活，但是曾經巧遇過申一次。

「生下來的孩子名叫舞。」申當時是這麼告訴他的。

在那之後，他就碰到以藏了。

換句話說，才藏如果要前往飛驒，就代表舞也跟著一起往飛驒去了。

既然如此，那些要追殺舞的異形，肯定也會往飛驒去。

才藏筆下的異形，指的恐怕就是那個黑鐵鬼吧！既然如此，只要跟在他們後面就行了。

他們的另外一個敵人小次郎為了要追上武藏，勢必也會前往飛驒。

既然兩個敵人都往飛驒的方向去了，以藏和六郎自然也要往飛驒的方向前進。

第一次聽到飛驒這個地名時，小次郎還問他：「那個地方在哪裡？」

看樣子，小次郎失去了大部分的記憶，如果只告訴他飛驒二字，他也不知道該往哪個方向去，只能在路上見人就問。

某個晚上，以藏曾經乘小次郎熟睡的時候拔刀相向。

以藏和六郎也答應了，因為路上說不定有機會可以偷襲小次郎，為兄弟們報仇雪恨。

「你們兩個，幫我帶路吧！」小次郎說道。

可是小次郎在一瞬間跳起來，同時拔劍出鞘，擺好備戰的架式。

反應極快，根本不像是上一秒鐘還在熟睡著的人，完全超越人類該有的反應。

在前往飛驒的途中，與小次郎簡短交談過幾次之後，以藏似乎開始對這個敵人愈來愈感興趣了。

很容易就對人敞開心房——這也是三島以藏這男人的特質，就算對方是敵人也一樣。

於是他們就以這樣的關係，展開這段奇妙的旅程。

小次郎的對話還在持續著。

「你到底有什麼非完成不可的任務？」小次郎問道。

「我得找到土星隕石才行。」小次郎回答。

土星隕石……這個名詞在兩人的深夜對談裡已經出現過好幾次了。

「我已經聽過好幾次了。」

「我的確說過好幾次了，那又怎樣？」

「你為什麼一定要找到那個土星隕石呢？」

「為了拯救這個世界免於滅亡。」

「免於滅亡？」

「對呀！」

「這個世界會滅亡嗎？」

「會。」小次郎斷言。

「別開玩笑了！就算德川、豐臣這些人都死光了，這個世界也不會滅亡的。」小次郎駁斥。

「你錯了，一定會滅亡的。」

「你是說這片天地嗎？」

「我是說這整個宇宙。」

「宇宙？」

「這片天地的盡頭，早就開始毀滅了。」

「什麼?!」

「飢腸轆轆的『刻』，早就開始吞噬各個星球了。」

就在這個時候，他們發現了別人的氣息，小次郎和小次郎的對話戛然而止。

「老大……」六郎低聲輕喚。

「我知道。」以藏也壓低聲音回答。

兩個人同時都把抱在胸前的劍打橫，放在膝蓋上，握住劍柄。
祠堂周圍的蟲鳴在不久前還吵得不得了，此時都安靜下來了。
有個撥開草叢的聲音從森林裡不斷靠近，還能聽見說話的聲音。
「可惡！這陣子沒有一件事情是順利的。」是男人的聲音。
「就是說啊！先是牙丸被幹掉了，後來音吉也成了個廢人，你說對吧？安吉。」
「新之助大哥說得一點都沒錯。」
從聲音判斷，來人一共有三個，而且這三個男人正朝這座祠堂的方向接近。
「話說回來，留著這口鐵箱子到底要做什麼呢？」是第一個男人的聲音。
「大哥，這小子明知故問，這口箱子是要拿去換錢的，對吧？」
「笨蛋！能不能換到錢，現在還不知道吧！」
「話又說回來了，那個怪物還真是有夠噁心的。」
「頂著一顆蒼蠅似的怪頭，背上還背著這麼一口古怪的箱子，能不恐怖嗎？」
「還好被我們發現的時候已經是具屍體了，要是還有一口氣的話，我可能連碰都不敢碰吧！」
月光下，有三個男人從森林裡走了出來，其中一個男人懷裡抱著一口像是箱子的東西。
「老大……」六郎喃喃低語。
因為那群人口中的蒼蠅、怪物和箱子這些詞彙，無一不在挑動他的聽覺神經。
該不會就是他們正在尋找的那個黑鐵鬼吧？
「我知道你想說什麼……」以藏微微頷首。

問題是，如果他們說的是真的，那個黑鐵鬼不就已經死掉了嗎？
那三個男人在月光下又走了幾步，突然停下腳步。
因為他們看見六郎和以藏坐在祠堂屋簷下的身影。
這時，以藏和六郎也都已經把劍握在手裡，只不過還沒有拔劍出鞘罷了。
「你、你們是什麼人……」這是第一個男人的聲音。
這個男人的名字叫作三郎兵衛，原本在通往飛驒的山中小路裡，幹著攔路打劫的勾當。
不久之前，他們遇到武藏和源九郎，失去了許多夥伴。
僥倖逃過一劫的，只剩下身為大哥的三郎兵衛與安吉、新之助三個人而已。
「我是有點事情想要請教你們。」
以藏的語氣裡有一股深入人心的奇妙力量。
他就靠這種語氣，將超過十人的山賊凝聚成一個團體的。
「關於你們剛才提到的那個怪物，可以再說得詳細一點嗎？」
「混帳東西！在問別人問題的時候，是不是應該要先報上名來？」
「我叫作以藏。」
「什麼以藏？」
「三島以藏。」
「還有，你手上那把刀，是想要對我們怎麼樣嗎？」三郎兵衛說道。
「我並沒有這個意思。」

「那就把刀丟掉吧！」

「別說傻話了，你們腰上還不是掛著同樣的東西，憑什麼要我們把刀丟掉？」

「你說什麼?!」

抱著箱子的男人——安吉把箱子放到地面上，另外兩個人一寸一寸把刀拔了出來。

「最近全是一些狗屁倒灶的事，真是太不痛快了。就在不久之前，我們的同伴才被一個叫作武藏的混蛋給殺了。」

就在拔刀出鞘的新之助這麼說的同時——

「你說武藏?!」

祠堂裡傳出一個聲音。

吱嘎吱嘎，先是一陣踩在地板上的腳步聲傳來，腳步聲消失後，祠堂的門發出「嘎啦」一聲，打開了。

佐佐木小次郎從裡面走了出來，他站在沿著屋簷灑落一地的月光裡，宛如孤魂。

臉色蒼白到幾乎可以透光，看起來簡直跟死人沒兩樣。

雙眼細長，身上穿著黑色的小袖，從領口微微露出的底布，是宛如鮮血一般的紅色，左手握著一把朱鞘的劍。

「你剛剛是說武藏嗎？」小次郎以沒有抑揚頓挫的聲音說道。

他穿過六郎的身邊，飄然走到祠堂外面，腳步宛如踩在雲端，沒有發出半點聲音。

「你們是在哪裡看到他的？」

小次郎的身體一寸又一寸往前移動，彷彿乘著微風。

「你、你又是什麼人?!」安吉拔出腰間的刀。

「你、你找死嗎?!」新之助也把刀拔了出來。

但小次郎不以為意，繼續向他們逼近。「說！武藏在哪裡？」

「誰、誰、誰……」面對小次郎的問話，安吉不屑地回答：「誰要告訴你！」說著說著，還一刀砍向小次郎，刀揮了個空。

小次郎沒有做特別的反應，就只是一個勁兒往前走，看起來反而像是那把刀自己避開小次郎的身體。

「喝啊啊啊啊！」新之助把刀刺向小次郎胸前，結果也跟安吉的刀一樣。

小次郎明明完全沒有移動身體，只是飄飄然地往前走，新之助卻整個人往前撲倒，踩了個空。

「三個人啊……」

小次郎用冰冷的眼神瞥了這幾個男人一眼。

「有兩個是多餘的呢！」

小次郎呢喃的語聲未落，手裡已經握著一把出鞘的劍。

什麼時候拔的劍？

離開劍鞘的劍身在月光下閃著森冷的光芒，劍身長得嚇人。

備前長光——長約四尺六寸，光是劍刃的長度就有三尺一寸，是一把劍刃沒有微彎的長劍。

在那普通劍刃頂多只有二尺三寸的時代，備前長光可說是相當特異的存在。

因為實在是太長了，還得了一個「曬衣竿」的諢名。
一般來說，劍到了這樣的長度，很難隨心所欲使用。
姑且不論重量，縱使臂力再怎麼大，應該也拿這種長度莫可奈何。
「你想怎樣？」
「廢話少說！」安吉和新之助同聲一氣地說。
「嘿！」
「哈！」同時一刀砍去。
「快、快住手！」六郎大聲喝止的時候，已經來不及了。
小次郎的劍身在月光下舞出光芒，多麼優雅而美麗的動作啊！
當他的動作停止時，唰！
安吉的頭頂和新之助的脖子各自噴出一道血花四射的飛瀑，在月光下劃出兩彎鮮紅欲滴的弧線後。
唰！血濺落在地面上。
兩人無聲無息地撲倒在地，當場斃命。
剛才發生了什麼事？小次郎的劍到底是怎麼動的？
六郎和以藏都沒有看清楚。
他們只看見小次郎慢條斯理地把已出鞘的劍由下往上斜斜一挑……
劍身先從安吉的右頰砍入頭部，經過雙眼之間，從腦門穿出。

劍以毫不減慢的速度在空中轉了一圈，砍斷新之助的脖子。

握在小次郎右手裡的備前長光連一滴血也沒有沾上。

只剩下被稱為大哥的三郎兵衛了。

三郎兵衛發不出半點聲音。

小次郎把臉轉過去，如針一般凌厲的視線就刺在三郎兵衛的身上。

三郎兵衛的身體抖得像秋風中的落葉。

「快說。」小次郎靜靜問道：「你是在哪裡遇到武藏的？」

「在……」三郎兵衛擠出聲音回答：「在、在飛驒……」

說話的聲音簡直像嘶吼一樣。

「在飛驒的山裡，就在從下呂通往高山的一條山中小路上。」

後記一——節錄自〈飛驒大亂篇〉

1

好不容易終於寫完了，好幾次都覺得好累好累，就快要寫不下去了。
每次都一邊想要放棄，一邊咬緊牙關繼續寫下去。
誰教我要把故事架構設定得這麼大呢？這次總算是踢到鐵板了。
可是也因為吃了這麼多的苦頭，這個故事才變得愈來愈有趣。
說老實話，就連我自己也不知道這有趣的感覺會繼續發展到什麼地步。
這次，萬源九郎終於比較像個主角了，出場的畫面也比較多。
這也難怪，畢竟對手是武藏嘛！
在這之前，源九郎身為本書的主角，戲分卻一路被武藏壓著打。
這次好不容易才踏出與武藏平起平坐的一步。
話是這麼說啦……
我在寫這個故事的時候，心裡其實打著「一邊寫、一邊學習」的如意算盤。
可是最重要的「學習」這部分卻絲毫沒有進展，實在有點悲哀。

不能再這樣下去了，得痛下決心擠出學習的時間才行！
不然我真的會覺得自己寫來寫去好像都是同樣的東西。
問題是，這個故事到底什麼時候才會告一段落呢？
當初開始寫這個故事，是因為想讓源九郎在歐亞大陸的正中央好好活躍一番，但是照現在這個情況看來，至少得再寫個三、四本，才有辦法把源九郎送到歐亞大陸。
真是的，我這個人為什麼會這麼長舌、這麼多話呢？
其他還有好多好多想寫、可卻連一行都還沒有開始動手的情節，我甚至開始擔心自己沒辦法在死前寫到那個部分啊……
一到了夏天，我就想要去釣香魚，也想看一些和宇宙有關的書或者是有趣的小說，多麼希望一天能有四十八個小時啊！
不過我想，所有四十多歲的男人應該都會抱持同樣的想法吧！
就這樣，《大帝之劍》接下來進入第五篇了。

2

在海外旅行了將近一個月，聽說在格鬥技的世界裡好像發生了許多事，所以身邊的人似乎也因此變得比較緊張匆忙。
除此之外，還有排山倒海的工作如雪崩般壓來，想要全部完成根本不可能嘛！
我好希望能夠早點迎接「只需要做自己喜歡的事」的那種日子，那會像置身天堂一樣，只是這個願望恐怕這輩子都無法達成也說不定。

其實仔細想想，我現在過的這種亂七八糟的生活，或許已經算是「只需要做自己喜歡做的事」了！

總而言之，我會撐下去的，一定會繼續撐下去的！

平成四年十一月九日

寫於小田原　**夢枕獏**

後記二——節錄自〈天魔望鄉篇〉

首先，我要告訴大家的是，為什麼這個故事會中斷長達十五年的歲月呢？

最主要的原因是，負責連載這個故事的角川書店的小說雜誌《野生時代》停刊了（現在《野生時代》又重新復活了）。

不管我再怎麼想要繼續寫下去，如果沒有發表的地方，也實在是寫不下去。

雖然可以先寫起來放著，但當時我每個月都要交出五百頁至六百頁左右的原稿，如果不先暫停其他出版社的工作，就擠不出時間來寫。

我也曾經和其他出版社接觸，看有沒有地方可以讓我繼續發表這個故事，但因為版權還卡在角川出版社手上，一直找不到其他出版社的雜誌願意繼續讓我連載。

不知不覺間，我的時間也被塞得滿滿的，再也擠不出空檔可以開始連載新的故事了。

一切都得等到某個故事的連載先告一段落才行……

換句話說，包含《大帝之劍》在內，就算我現在許下承諾，如果沒有個五年還是七年，是絕對沒有辦法開始連載新作品的。

就在這個時候，K先生找上了我。

K先生從學生時代就加入我的書迷俱樂部，如今已經畢業，進入某間出版社上班。

有一天，他向我提到：「我想要連載老師的小說。」

我不確定這是不是第一次有人斬釘截鐵地跟我說：「請繼續寫《大帝之劍》的續篇。」但總而言之，我決定要繼續寫《大帝之劍》的續篇了。

問題是，就像我之前講的，一切都卡在沒有時間這一點上。

「你可以等我五年嗎？」我還曾經說過這樣的話。

「不能早一點開始嗎？」K先生反問。

K先生的要求可以說是再合理不過了，出版業界可沒有優閒到光靠一個口頭約束就願意等你五年。

只不過，我當時也還有好幾部連載將近十年都還沒有進入尾聲的作品。

如同前文說過的，我的時間已經被塞得滿滿的了。

如果不停下別家出版社的工作，根本不可能再塞進《大帝之劍》的連載。

有鑑於此，我提出了一個建議——

「有沒有可能把這部《大帝之劍》拍成電影呢？如果能有這樣的意外驚喜，我也會比較有幹勁，硬把時間給擠出來。也可以以要拍電影為由，請其他出版社通融一下。」

我只是隨口說說看，沒想到真的實現了。

最後還是花了五年以上的時間才拍成電影，所以就結果來說，連載還是拖了五年才又重新開始。但因為電影拍成了，所以這五年的等待時間似乎就變得比較有意義。

如果沒有K先生的大力推動，別說不可能拍成電影了，我想就連《大帝之劍》的重新連載計畫，可能也會繼續無止盡地一天拖過一天。

真的非常感謝K先生，託K先生的福，我現在才能重新開始撰寫這部《大帝之劍》。

故事的情節已經變得愈來愈沒有原則，就快要不知道接下來會怎麼發展。

儘管如此，我還是覺得，這部《大帝之劍》真的非常有趣，受到許多人的支持，故事得以重新開始連載了。

希望我會愈寫愈沒有原則。

平成十九年一月七日

寫於小田原　**夢枕貘**

誰能擁有伴天連魔王的三件神器，就能稱霸天下？
夢枕獏即將徹底改寫戰國歷史！

大帝之劍 貳

神魔咆哮篇・凶魔襲來篇

超越《陰陽師》與《沙門空海》，夢枕獏「最放肆」的奇想傑作！
新銳導演 陳正道・名部落客&作家 麗子・奇幻作家 護玄
豪氣推薦！

美劍士牡丹隱姓埋名，除了躲避劍豪宮本武藏的追殺，更是為了要尋找伴天連魔王的三件神器，藉此獲得天下無敵的力量！如今「黃金獨鈷杵」的下落已經掌握，牡丹並在荒廢的神社中找到「猶大的十字架」。魔力開始在他體內流竄，而無人知曉的第三件神器的面貌，也終於浮現在他眼前……另一方面，萬源九郎護送小舞的旅途上危險四伏，負責保護小舞的真田忍者不得不說出小舞驚人的身世秘密，但是一旁沉默的小舞卻突然開口，說她並不是小舞，而是……

國家圖書館出版品預行編目資料

大帝之劍【叄】飛驒大亂篇．天魔望鄉篇 / 夢枕獏著；緋華璃譯. -- 初版. -- 臺北市：皇冠, 2010.11
面；公分. --（皇冠叢書；第4045種）（奇．怪；11）
譯自：大帝の剣3：飛騨大乱編. 天魔望郷編

ISBN 978-957-33-2727-1（平裝）

861.57 99019487

皇冠叢書第4045種
奇．怪 11

大帝之劍【叄】
飛驒大亂篇．天魔望鄉篇

作　　者—夢枕獏
譯　　者—緋華璃
發 行 人—平雲
出版發行—皇冠文化出版有限公司
台北市敦化北路120巷50號
電話◎02-27168888
郵撥帳號◎15261516號
皇冠出版社(香港)有限公司
香港上環文咸東街50號寶恒商業中心
23樓2301-3室
電話◎2529-1778　傳真◎2527-0904
出版統籌—盧春旭
責任編輯—尹蘊雯
版權負責—莊靜君
外文編輯—黃鴻硯
美術設計—王瓊瑤．吳欣潔
行銷企劃—林泓伸
印　　務—林佳燕
校　　對—洪正鳳．余素維．尹蘊雯
著作完成日期—2007年
初版一刷日期—2010年11月
法律顧問—王惠光律師

讀者服務傳真專線◎02-27150507
電腦編號◎512011
ISBN◎ 978-957-33-2727-1
Printed in Taiwan
本書定價◎新台幣280元/港幣93元